لا تقتلْ ريتّا

منذر بدر حلّوم

دار جامعة حمد بن خليفة للنشر
HAMAD BIN KHALIFA UNIVERSITY PRESS

الطبعة العربية الأولى عام ٢٠١٨

دار جامعة حمد بن خليفة للنشر
صندوق بريد ٥٨٢٥
الدوحة، دولة قطر

www.hbkupress.com

الترقيم الدولي: ٩٧٨٩٩٢٧١٢٩٤٩٠

مكتبة قطر الوطنية بيانات الفهرسة– أثناء– النشر (فان)

حلوم، منذر بدر، مؤلف.

لا تقتل ريتا / تأليف منذر بدر حلوم . – الطبعة العربية الأولى. - الدوحة : دار جامعة حمد بن خليفة للنشر ، 2018.

صفحة ؛ سم

تدمك : 978-9927-129-49-0

1. القصص العربية -- سوريا. ج. العنوان.

PJ7828.L584 L37 2018

892.736-dc23

2018 27087013

لا تقتل ريتّا

باب الرحيل

1

لماذا يخلع كلُّ هؤلاء البشر ملابسهم ويدخلون لوح الخشب العتيق المعلَّق على الجدار من وراء الطلاء؟ ولمن هذا المنديل الكبير المنسوج من حرير أصفر، ولا أحد يطفئ الشمعة التي تكاد تبلغ قشرة الجدار؟ ما أشدَّ وقع الأقدام على الأرض. دعهم يسلكون طريق البساتين كي لا يراهم الصغار، ويأخذون معهم أرغفة خبز وملح، ففي الطريق بصل أخضر ونعناع.

- «صباح الخير»، قالت.

نظر إليها بحزنٍ استعار ألوانه من جبال تنفتح عليها نافذته.

- اغتسلْ ريثما أوضِّب لكَ ذاكرتكَ، ألم تقل لي «أنتِ ذاكرتي»، أنتَ تنوي الرحيل، أنتَ لم تعد معي، لا تسألني كيف عرفت. ارحل يا أحمد، سوف أتوسَّل إلى يديَّ كي لا تمسكا بك. أعلمُ أنك سترحل، أعلم أنك صرخة تجوب المدائن والبراري. ارحل، سيبقى في كأس النبيذ بقيَّة، ستبقى قبضة يدك عليها، سيبقى قميصك معلَّقًا في انتظار أن ترتديه بعد قليل. وإذا ما جفَّ في الكأس النبيذ، سأعلم أنك تبدَّدت مثل صرخة بعيدة في الليل، وسأبكي يا صديقي، سأبكي وينهمر عليَّ ليل طويل لن ينجلي قبل أن نلتقي في مكان ما، سأبحث عن صرختك وأراها عالقة على العشب والصخور، سأراها تعيش في الملح. أنت تعلم كيف يخبِّئ الناس الملح والكبريت والخبز اليابس، حين تهبُّ رياح الحرب. قلتُ لكَ، ونحن نشرب فنجان القهوة مع النبيذ: «لا تختبرْ قدرك، دعه نائمًا، لا تشدَّ النمر النائم من شاربيه». لكنك ابتسمت. نعم، أنت ابتسمت بحزن وصمتَّ، ثم قلتَ لي إن

القدر هو الذي يناديك، وإنه لن يدعك تغفو قبل أن تذهب إليه. ووعدتني بأن تعود، وأن تترك دفئك عندي كي لا يجتاحني الزمهرير.

- نعم. نعم. أعدك، فأنا أراهم ينقلون البرد والجوع والموت إلى ضواحي الفقراء. سكّان الأحياء المترفة لا يعجبهم أن تأتي الفصول إليهم. هم يذهبون إليها حسب هواهم، وينقلون الحروب إلى الضواحي الرمادية على شاحنات بلون المستنقعات. قدماكِ باردتان طوال الشتاء، لا تستطيعين شيئًا من أجل بعث الدفء فيهما. سأرسل لكِ حذاء دافئًا. أيُّ حلٍّ مغفَّل يخطر بالبال! لا تتشاءمي مِن تحطُّم فنجاني وكأسي بين يديك، لا تشغلي بالك بقطَّة سوداء تعبر الطريق، ولا ببومة تنعب فوق البيت، ولا برجال متَّشحين بالسواد ترينهم في الطريق إليك وتحاولين من دون جدوى التهرُّب من لقائهم. لا تتوقَّفي عند هذه الأشياء فسوف أعود. أنت تعلمين كم أحبُّ الحجارة المقدودة من الرمل والملح، وكم أودعت فيها منذ كنت صغيرًا من أمنيات. سوف تحمي رأسي وصدري ويدي اليمنى، فلا تخشي شيئًا، فأنا أعرف كيف أحبُّ. وباليسرى، سوف أحمل حقيبة العودة، وعلى قدميَّ سوف أسير. لا تجزعي، فمن ينتظرني أعيش إليه ويعيش. وأنتِ سوف تنتظرينني. أعلم ذلك علم اليقين.
- سوف أنتظركَ.

***

في مسافة لا تتَّسع لأكثر من قبلتين مسروقتين على الطريق، نادته، وكان بساط المرج ممدودًا لا ندبة فيه:

- قفْ لألتقط لك صورة.

رجته، وغادره ظهرها الحنون، فركض نحو قبلة، قبيل التقاط الصورة، وإلى عناق مديد. وتلفَّتت متسائلة بوجل وخجل:

- لكنَّنا قرب الطريق!!

- إنَّما هو الربيع (وفي ذلك اليوم، كان الربيع لا يزال) والربيع بعد غدٍ يعود... الآن، اجلسي أنتِ، على بساط الزهر.

ضغط بإصبعه على الزرِّ، وانطبعت ملامح ذلك الوجه الذي يستنهض الندى، يوشِّي وجه الشمس بالنسيم. وغامت عيناه كأنَّما وجهها ارتسم على الغيم.

2

دخل أحمد بطن الطائرة وأغمض عينيه، وسرعان ما راح يقول في نفسه:

- يا لهول ما فعلت!

أسرع إلى هاتفه:

- آلو، ريما، سينقطع الاتصال بعد قليل، سأشتاق إليك كثيرًا. لن يطول غيابي. آلوووو...

هطل صمت ريما على روحه، وجاءه صوت المضيفة يرجوه ربط الحزام. بدأ جسد الطائرة العملاق يهدر ويتحرَّك، فيما جسده المتعب المقيَّد بالحزام يبحث عن نافذة، وروحه تصرخ: «لا أريد، دعوني أغادر هذا الحديد. لا تقلعي! لا تقطعي شراييني!»، ونبضه يشدُّ الطائرة إلى الأرض، ويزداد قلبه خفقانًا، ويحسب أنَّ أزمة قلبية ستصيبه فينتهي كلُّ شيء، ويشعر بيد تأتي وتزرق في دمه المستحيل، ويرى جسده موصولًا بأنابيب، ويخيَّل إليه أنَّه يسمع صوتها، تناديه:

- أين أنت؟ وما هذه الأنابيب والأنشوطات المدلاة؟

- أبحث عن طريقة لعكس اتِّجاه السير فلا أعثر في السماء على إشارة المرور.

وفي الصباح الباكر، يصل أحمد إلى حيث لا ينتظره أحد. فمن أحضر زجاجة عرق تين بلدي هديَّة له قتل أمَّه وغادر البيت المشتعل إلى السجن. والضابط البحري المتقاعد الذي التمعت عيناه حين راحا معًا ذات صيف بعيد يرسمان خطَّة للإبحار، على مركبه الصغير، من موسكو إلى مدينته الصغيرة على شاطئ المتوسط، عبر الأنهار ثم البحار، دعاه من دون مبالاة، حين سأله ركنًا للمبيت عنده، للبقاء ستَّة أيام، وقال إنَّ عليه مغادرة المنزل في سابعها، وصمتا.

قال إنَّ ماء البئر لا يكفي لليوم السابع، لرجل يستحمُّ مثل أحمد مرَّتين في اليوم. أمضى أحمد لدى الضابط الذي لم يعد يريد إطلاق النار، فلجأ إلى غيتاره يغنّي عن الحرب وذكريات الرفاق الذين قُتلوا في الشيشان وغير مكان من القوقاز، أمضى الأيام الستَّة الموعودة، وفي السابع خرج لا يدري إلى أين. ولم يبق له إلَّا المبيت في محطَّة القطارات على مقعد خشبي كما يفعل من لم تتدهور شخصيته كثيرًا من المشرَّدين، ومن لا تجذب رائحته الكريهة رجال الشرطة إليه. كان يعلم أنَّ النوم لن يأتيه في المحطَّة بهذه البساطة، فجلس في انتظار الوحي. كان لا بدَّ من أن يأتي الوحي.

3

في المحطَّة، ومض اسم صديقه القوقازي داتو في ذاكرته، فابتسم أحمد للاسم، وتساءل: «في أيِّ كهف في القوقاز يكون الآن مع بندقيَّته، إذا ما كان لا يزال على قيد الحياة، ذلك القوقازي العاطفي؟». عاشا معًا في السكن الجامعي، ثم افترقا من دون تبادل العناوين، مؤمنَين بأنَّ القدر سيجمعهما إذا كان لا بدَّ من اللقاء.

لسبب يصعب تفسيره، التمعت عينا داتو في ذاكرة أحمد. رآه آخر مرَّة في هذه المحطَّة، حين ودَّعه وغادر إلى مطار شيرميتوفو في موسكو ثم إلى دمشق. وها هو يبتسم لفكرة أن يرى داتو، وبدا له كأنَّما نده باسمه بصوت يشبه الفحيح:

- داتووووو.

جاءه صوت داتو:

- ما زلت أحمق يا سوري. ظننتك كبرت! ما الذي يجعلك تنده باسمي وسط زحام النائمين والمنتظرين؟ وما الذي جاء بك إلى هنا؟

كان داتو في المحطَّة، ذلك الليل، وكان يتابع على شاشة كبيرة أخبار الموت في سوريا، فتذكَّر صديقه، وشعر بالخوف عليه، وراح يتلفَّت حوله.

شعور مبهم جعل داتو يفعل ذلك، وقبل أن يطرد الفكرة من ذهنه، خشية أن يمسك به الوهم فيجرفه إلى غير مكان، لمح وجهًا مغمض العينين، استوقفه، فقال في نفسه: «أعرف هذا الوجه!». عاد ونظر إلى الوجه الذي كثيرًا ما تأمَّله داتو نائمًا في غرفة السكن الجامعي، وكان يقول في نفسه: «ما أشبهه بالإغريق! إنَّه أحمد!».

مدَّ داتو يده ولكز الرجل النائم، فإذا بالابتسامة التي رآها مئات المرات ترتسم على وجه صديقه حين يفتح عينيه. هي نفسها يراها الآن.

- أنت داتو! يا مجنون! يا رائع! ما الذي جاء بك إلى هنا؟
- غير معقول...
- يا للجنون!

تعانق الصديقان، وراح أحمد يبكي كأنَّه أرجأ البكاء منذ فقد أباه إلى يوم يلتقي داتو. ثم جلسا صامتين، يخجل أحدهما من رؤية دموع الآخر، إلى حين مدَّ داتو يده وسحب صديقه: «هيَّا بنا!». اصطحبه إلى مبنى مهجور، يقطنه مؤقَّتًا، ولا شيء أكثر ديمومة من المؤقَّت، كما يُقال.

في سيَّارته الجيب العتيقة، وبعد أن شخر المحرِّك، ثم استراح لاندفاع السيَّارة إلى الأمام، قال داتو لصديقه:

- ستحكي لي كلَّ شيء. كلَّ شيء. لديَّ أسئلة كثيرة عنك وعن سوريا، ولكن قبل ذلك، أتعلم أنَّني كنت أنتظر وصول ريتًا في القطار؟
- ريتَّاك الرائعة المخلصة الحنونة! ما زلت مجنونًا. وهل نسيتها حين رأيتني؟ عُدْ بنا. قد تصل فلا تراك!
- بل كنت أنتظر وصولها لأقتلها. لكنَّها لم تصل على متن القطار الموعود.
- تقتلها! ريتًا زوجتك وحبيبتك! داتووو، ما الذي جرى؟!

بالفعل، كان داتو في المحطَّة ينتظر حبيبته ريتًا ليقتلها. قال له صديق إنَّ ريتًا التي أحبَّها بجنون ركبت القطار إلى موسكو، فانتظرها في المحطَّة بمسدَّس محشوٍّ، وإذا بواحدة تشبهها تخرج من البوَّابة، وإذا به في حيرته يقف في قاعة الانتظار، محاولًا التوازن بمتابعة أخبار الموت في سوريا على شاشة التلفاز، فيرى وجه صديقه، على بعد مقعدين وسلَّة مهملات منه.

- نعم، سأقتلها. ولكنِّي رأيتك! لعلَّك جئت لتمنعني من قتلها. لن تستطيع.
- لا أحسبك جادًّا يا داتو، مع أنني أرى القهر في عينيك، وأخشى أن تكون عازمًا على القتل!

راح داتو يحدِّث صديقه في الطريق كيف كانت ريتًا تكذب عليه طوال سنوات، وتدافع عن حقِّ النساء بالكذب، بل حقِّ الجميع بهذا الشرِّ، إلى أن هربت مع عازف غيتار، كان لا يقيم له وزنًا، فبات داتو، الذي تفرُّ الوحوش من نظرته، محطَّ هزء في بلدته القوقازية الصغيرة.

صمتا.

فكَّر أحمد: «وماذا يعني أن تهجر أي امرأة رجلًا، هل يكفي ذلك لقتلها!؟ يا لوحشيَّة الذكور!». وفيما لم يدرِ أحمد ماذا يقول لداتو البارز جرحه في عينيه، لم يصمت في الطريق، بل استغلَّ كلَّ وقفة من داتو وتنهيدة مديدة ليتحدَّث عن ريما وعلاقتهما: «إنَّ أحدًا لن يستطيع تخريبها، فهي ولدت لتبقى إلى الأبد، وتنجب. أريد منها صبيَّين».

تحدَّث أحمد عن كثير من التفاصيل التي كانت ستبدو مضحكة في غير سياق، لكنَّه بالغ في استحضارها ليذكِّر صديقه بأنَّ لديه أيضًا، هو داتو، كثيرًا مما لا يُنسى في علاقته بريتًا. استغل أحمد ذلك، ورشَّ النار التي في صدره باسم ريما، فبدا كأنما ابترد قليلًا، وهو الذي لم يسبق أن حكى لأحد عن علاقته بريما، رغم أنَّ كثيرين جدًّا في مدينتهم يتندَّرون بهذه العلاقة.

وأخيرًا، وصلا إلى أطراف العاصمة، حيث تتزاحم الأضواء مسرعة ولكن إلى عتمة. جاء داتو المطعون في رجولته بصديقه إلى مبنى مهجور، سيكون مسكنًا له ما بقي في هذه المدينة العملاقة التي لا تأبه للدموع. ألجأه إلى فراش من قطن، لم تندفه يد أمٍّ حنون بقضيب من ريحان منذ سنوات، فاستلقى وكان التعب قد هدَّه، إلَّا أنَّ قصَّة صديقه مع ريتًا التي يعرفها، ويعرف جيِّدًا كيف أحبَّت هذا القوقازي، ولا يريد تصديق أنَّها كانت تتظاهر بحبِّه، لم تترك له أن يغفو رغم ثقل جفنيه وانسدالهما فوق مقلتيه المحمرَّتين.

- نتحدَّث غدًا صباحًا، لقد هدَّني التعب.

قال داتو لصديقه، ومضى إلى غرفته.

وفيما كان صوت الماء المنسكب على جسد داتو من وراء ستارة بلاستيكية هي باب الحمام، يتناهى إلى أذني أحمد، أخرج هاتفه وكتب لريما:

- قولي يا ريما إنَّ داتو يكذب. لا أريد أن أصدِّق ما يقوله هذا القوقازي عن ريتًا.

بالخطأ، أرسل الرسالة لداتو، فجاءه الجواب بعد انتظار:

- أنا داتو، يا سوري يا لئيم، ولستُ ريما. لا تصدِّقني إذن؟!
- لا. لا أصدِّق أنَّ ريتًا كانت تكذب عليك وتخدعك. لا أريد أن أصدِّق.
- تخشى أن تفعل بك ريما الشيء نفسه، لذلك لا تصدِّق.
- فيلسوف، ما شاء الله!
- لا تسخر منِّي يا سوري. أنت تعلم كم أنا أحمق إذا غضبت. أرجوك لا تكرِّرها، ودعنا لا نتحدَّث عنها بعد الآن.
- عن ريتًا؟
- لا تذكر اسمها. أنا أمنعك.

أنهى داتو المحادثة غاضبًا. ولكن، لم تمضِ سوى دقائق قليلة حتَّى جاء إلى أحمد حاملًا زجاجة فودكا وقطعةً مقدَّدة من لحم الخيل، واستنهض صديقه:

- لم أستطع النوم، تعال نشرب! ستشرب كثيرًا طالما ما زلت أحمق ولا تصدِّقني.
- لا أريد أن أصدِّقك.
- صدِّقني، أنت نفسك قد يأتي يوم تدفع فيه الزجاجة وتمدُّ يدك إلى المسدَّس، وقد تقتل نفسك. لأنَّك أحمق وعاجز عن قتلها.
- قتل من؟
- فتاتك، ريما، التي تخشى أنها تكذب عليك وتخدعك، مثلما كذبت ريتًا وخدعتني.
- لا، ريما لا تفعل!

- ريما... ريتَّا ههههه. ألم أقل لك إنك أحمق.
- طيب، أحمق، طالما يعجبك ذلك.

راح داتو، الذي لم يكن غبيًّا البتَّة، يستشعر قلقًا لدى صديقه، فخلال حديث الأخير عن ريما كان يؤكِّد بمناسبة ومن دون مناسبة كلما ذكر اسمها، أنها لا تكذب ولا تخونه. وخارج سياق الحديث يمسك بيد داتو، قائلًا:

- ريتَّا، مثل ريما، لا تخون.

فيما داتو يجيب بسخرية وكلام ممطوط:

- بصحَّتك، اشرب! اشرب! أنت حمار حقيقي يا صديقي. أنت عاشق مثلي، ولكنَّك أكثر حماقة مني.
- ريتَّا ستعود إليك، وسوف تعانقها ولن تقتلها. هي لم تكذب عليك. عفوًا، دقيقة يا صديقي، معي ريما.

ابتعد أحمد عن داتو قليلًا ليردَّ على تحيَّة ريما، وإذا به يكتب بعد السلام:

- اقسمي بالخبز أنها لم تكذب يا ريما.
- من؟
- ريتَّا.
- لماذا تريدني أن أقسم. ومن هذه الريتا؟!
- أرجوك، لا تردِّي على سؤالي بسؤال!

قال لنفسه، وقد اشتدَّ الضغط على صدغيه:

- أنا أحمق حقًّا، وربما حمار كما يقول هذا القوقازي. لا يفيد القفز في الهواء لالتقاط الأسئلة. الأسئلة تبقى عالقة هناك حتى لو سقط مطر غزير وهبَّت ريح عاتية. وهي لا تسقط مع موت البشر.
- أنا آسفة.
- وأنا آسف. معكِ حقٌّ، أحدِّثك فيما بعد. أنا الآن مع داتو. يبدو أنَّني تأثَّرت بمشكلته أكثر مما يجب.
- من داتو؟

- ليس الآن. صديق قديم.
- طيب. باااي.

عاد أحمد. ولمّا رأى داتو وجهه مكفهرًّا بادره:

- لم أقصد إزعاجك. اشربْ. حسنًا، ريما لا تكذب، ريتًا وحدها التي تكذب. أنا آسف، ما هكذا يستقبل قوقازي ضيفه.

4

في الصباح، فتح أحمد عينيه عن آخرهما، دهِشًا ممّا يراه، كأنَّه لا يعرف ما الذي جاء به إلى هذا المبنى المهجور الذي يقطنه، وكيف وصل إليه. جاءه صوت داتو:

- صباح الخير يا سوري. صح النوم.
- صباح الخير، داتو. كم الساعة؟
- ما لك والساعة، لا أحد ينتظرك يا صديقي. انتبه! لا تتمطَ كي لا تصطدم يدك بكيس الأسمنت. انهض وحضِّر الشاي، أنا سأقلي البيض. كنت تحبُّ طريقتي في قلي البيض في المدينة الجامعية. عليَّ الذهاب بعد ساعة. سأتركك وحدك وأعود مساء، لا تقلق.

وإذ بذاكرة أحمد القريبة تعود إليه شيئًا فشيئًا، بعد أن جفل في ليله ولم يعرف أين يكون وكيف وصل إلى هذا المكان. سأل داتو:

- قل لي أين يمكن أن أغتسل، وهل لديك منشفة؟
- وراء هذا المشمَّع، هناك يمكنك الاغتسال، وهناك المرحاض أيضًا. سآتيك بمنشفة نظيفة، عتيقة ولكن نظيفة. للماء هنا رائحة الكبريت. مقيت، إنَّه ماء بئر آسن. لإحضار ماء صالح للشرب عليك الذهاب... تعال معي أريك من النافذة أين بئر القرية. كانت قرية، واليوم لم يبق من بيوتها إلا القليل، اشتراها تجّار حرب الشيشان وراحوا يبنون فيلّاتهم على أنقاضها. ولكن، لا يحقُّ لي الشكوى، فأنا أعيش من بناء فيلّاتهم، وأعيش فيها كما ترى.
- ولكن!

تلفَّت السوري حوله، فتابع داتو:

- إنها قواعد العيش في هكذا بنايات، لا يحقُّ لك تحويلها إلى مسكن مريح، شكلًا على الأقل. المهم أن يكون مكان نومك وطعامك نظيفًا، وسأحقِّق لك ذلك يا سوري يا نظيف، لا تقلق.
- لا تسخر من نظافتي يا داتو.
- أنا لا أسخر، ولكن سيكون عليك القبول بسويَّة أقل منها، وربما بكثير.
- مفهوم يا داتو. معك حقٌّ. أشكرك، لم أقصد الشكوى أو التذمُّر. لا يحقُّ لي ذلك.
- لا تهتم. هيَّا اغتسل، واغلِ الشاي على طريقتك السورية.

بعد قليل، فاحت في المبنى رائحة البيض المقلي، ورائحة السكَّر الذائب في الشاي.

- شكرًا يا داتو. أنت صديق حقيقي!
- الصديق لا يكون إلا حقيقيًا، وإلا كيف كان لنا أن نلتقي. ألم نترك لقاءنا يختبر صداقتنا، كنَّا مجنونين!
- وما زلنا يا داتو. أنا شخصيًّا ازددت جنونًا، لقاؤنا أيضًا من باب الجنون، فلا يمكن أن نصدِّق أن تنشب حرب ويُقتل آلاف البشر، وأن تخرج أنت نفسك للقتل، من أجل أن نلتقي.
- من أجل أن نلتقي!؟
- لا، طبعًا، إنما لو كنتَ امرأة لقلتُ لك نعم!

قال أحمد لصديقه داتو وكمد قلبه للفكرة، فالحرب فرَّقته وريما، وبات يخشى أن تأتي كلمة الأبد في أي سياق.

- النساء يُشعلن الحروب، صحيح؟! والرجال يموتون. أين شردت يا صديقي السوري؟
- لا، ليس صحيحًا. الرجال هم أصل البلاء. أنا هنا!

- أنت سوري أحمق وأنا قوقازي أشدُّ حماقة. أتذكر يوم خبَّأتني في غرفتك وعالجت جرحي. كانوا ينوون قتلي، يومها انعقدت صداقتنا، وكنت أعلم بأنك لم تكن تحبُّني، بل كنت تنفر مني.
- كنتَ مدمًى وخائفًا من طلب الشرطة وحتى الإسعاف. هل عرفت بعدها من الذي هاجمك؟
- من أبناء بلدي. لقد قُتلا بعد سفرك.
- من قتلهما؟ أنت؟!
- لا.
- الحمد لله أنك لم تفعل.
- ولكنني سأفعل.
- أنت بغنى عن القتل يا داتو. ما أخبار شامل وسلمان؟
- أخي شامل، قُتل، وقُتل أخي الأصغر سلمان أيضًا، أعدموه، وأختي زولفيا!
- يا للفاجعة!! وبقيت وحيدًا، يا لمأساة أمِّك!
- أمِّي ماتت.
- وتريد أن تقتل امرأة؟!
- نعم. لو لم أضطرَّ إلى البحث عن ريتًا يومها، لما تركت أختي وحدها ولما ماتت.
- ولكنك لست بسبب ذلك غاضبًا عليها، إنما...
- لألف سبب. آخرها ذلك السافل.
- لن تفعل. لن أدعك تقتلها، سامحتَ قاتلي أخوتك وتريد أن تقتل حبيبتك؟
- ليست حبيبتي. لا تذكر كلمة حبٍّ أرجوك!
- لا معنى للحياة من دون حبٍّ يا داتو.
- ولذلك سأقتل نفسي بعد أن أقتلها.

- وسوف تقتلني؟!
- لا، لن أقتلك.
- لم أتخيَّل أن يكون هذا حديثنا على الفطور.
- وأنا مثلك. الكلام لا يغيِّر شيئًا، بل يزيد الأمور سوءًا. حان وقت ذهابي إلى الورشة. أراك مساءً.
- أخبرني قبل أن تتركني وحيدًا. لمن هذا المبنى، وهل يمكن أن يأتي أحد في غيابك؟
- لهذا المبنى قصَّة طويلة، قصَّة لها علاقة بمعنى ما بمقتل أخوتي. هكذا هي الحياة، ابنة عاهرة. عملت مراقب عمَّال في الشركة التي كانت تبنيه، وكانت لي غرفتي فيه. توقَّف العمل منذ عشر سنين وبقيت هنا، أعمل في مشاريع بناء أخرى وأعود لأنام في الغرفة التي عند الباب، وأحرس المبنى في الوقت نفسه، كنت أنام في البيت فقط أيَّام عطلة نهاية الأسبوع وفي الأعياد.
- وهل يأتي أحد في غيابك إلى هنا؟
- قد يأتي عمَّال مهاجرون بحثًا عن عمل، وقد تأتي الشرطة لتصطاد المهاجرين غير الشرعيين. لستَ مضطرًّا إلى فتح الباب لأحد. وقد تأتي امرأة من الأرياف البعيدة لم تتدبَّر مكانًا في العاصمة بعد، فتقبل بمضاجعتك مقابل مأوى. إذا أردت الخروج، احشر المفتاح خلف المزراب، هناك فجوة صغيرة، ليس لدي نسخة ثانية من المفتاح، سأصنع لك نسخة. هل ترى ذلك المبنى خلف المداخن؟ هناك متجر كبير تستطيع شراء ما يلزمك منه. خذ هذا المبلغ ريثما تتدبَّر أمرك.
- لا، شكرًا. معي ما يكفيني لشهر، لا تقلق... وسأجد عملًا.
- ستعمل معي، إذا لم تجد عملًا. أحتاج إلى طيَّان، ولكنَّ يديك ناعمتان، يدي مثقَّف لا تصلحان لشيء.
- بل تصلحان لصناعة الوهم ههه..

- بالضبط!
- وما هذا الهدير، أم هو في رأسي فقط؟
- المطار قريب من هنا، إنها الطائرات تهبط وتقلع طوال الوقت، ستعتاد على الصوت، وسترى بطون الطائرات فوق رأسك مباشرة، فإذا أردت اقفز إلى واحدة منها، ولكن اترك لي رسالة إذا قرَّرت الرحيل فجأة.
- أيطيرون من هنا إلى سوريا؟
- نعم! وطائرتك حطَّت هنا، وراء هذه الغابة، انظر.
- وهل يمكنني الوصول إلى موسكو مشيًا، هل من طريق؟
- انظر! وراء مبنى المركز التجاري الأصفر يلتفُّ محلق سيَّارات عريض، بعده تبدأ موسكو، نحن على أطرافها، سأدلُّك على وسائط النقل وكيف تصل إلى الموقف، أخشى أن يعتدي عليك أحد في الطريق، فشكلك يفتح الشهيَّة للضرب... ههههه. لا تخرج في العتمة. يمكنك أن تأكل من ثلَّاجتي مؤقَّتًا، مع أنَّ ما فيها قليل. إلى اللقاء.
- مع السلامة يا داتو.

5

وحيدًا، لا يدري ما يفعل بعد، راح أحمد يدير المذياع في المبنى المهجور بحثًا عن أخبار، فانقلبت الموجة، كأنَّما من تلقاء نفسها، إلى موجة «أف أم»، تبثُّ الأغاني والموسيقى الكلاسيكية، بعد صوت أنثوي دافئ يقول: «الموسيقى والعشق لا ينفصلان»، وخيِّل إليه أنَّه يسمع بين مقطعين موسيقيين مذيعًا ساحر الصوت يقول: «الجميع سيبقون على قيد الحياة، إذا أحبُّوا وأخلصوا لحبِّهم»، ويشعر بقلق حين أعقبت الكلام، الذي لم يقله المذيع، أغنية تقول: «لن أراك بعد اليوم في حياتي أبدًا... لن أنساك ما حييت أبدًا»... فصرخ في وجه المذياع:

- لعنك الله ولعن موسيقاك، بل سأراها. اذهب إلى الجحيم، وأنت يا داتو، لا تقتل ريتًا، أرجوك.

سارع أحمد إلى هاتفه، وجاءه صوت أنثوي بارد من هناك: «لا يكفي ما لديك من رصيد لإجراء الاتصال»، فارتاع لسماع الصوت، وقال:

- أليس المقصود رصيد عمري الذي لم يعد يكفي للقاء. اللعنة عليك أيُّها الهاتف!

فجأة، رأى غرابًا يقف على شرفة النافذة، فخاطبه:

- لماذا تحدِّق إليَّ بهذه الطريقة أيُّها الغراب؟ قل لي ما الأمر، هل ما بقي قليل؟ اسمع، يا صاحبي، لا تضمر لي الشرَّ، وسأسمِّيك سان، وستغدو منذ الآن صديقي سان، وكلانا سيخلص لصداقتنا، إذا كنت موافقًا هُزَّ رأسك، سأستبشر بك خيرًا، عكس الناس.

هزَّ الغراب سان رأسه، فابتسم أحمد. ثم نظر سان إلى الجنوب الغربي، وإلى هناك نظر أحمد، فرأى فيما كان يتأمَّل رؤوس أشجار البتولا تهزُّها الريح،

كأنما من خلال شريط سينمائي شفاف يتحرَّك أمام عينيه باستمرار، ويرى عبره الأشياء، رأى في مدينته شبَّانًا يتحدَّثون عن غدهم في مقهى رصيف، ويضحكون بين لعلعة رصاصة وأخرى، فيما صبايا المقهى يتظاهرن بأنهنَّ لا يسمعن ما يدور من حديث عن مواصفات التي يحبُّ أن يقترن بها كلٌّ منهم. بينهنَّ من كانت تدير ظهرها متظاهرة بتجاهل الراحلين غدًا إلى القتال، إلا واحدة دارت حول الطاولة، قائلة:

- ما رأيكم بهذه المواصفات أيُّها السادة؟ لكنَّ قلبي مشغول...

كرَّرت على مسامعهم:

- الحب يكون على الرغم من، وليس بسبب من.

ضحك الشباب، وكم كانت دهشة أحمد كبيرة حين رآهم يلتفتون صوب الغراب ويلقون التحية! ورأى أحمد نفسه هناك يمسك بكرسيٍّ من أجل أن تعود إليه ريما. وصاح واحد منهم بصوت مرتفع بعد انتهائهم من قهوتهم:

- إلى اللقاء، ادعوا لنا، قد لا نعود.

وعبرت الشارع قطَّة سوداء فرَّت من أمامها حمامتان كانتا تنقران قطعة بسكويت ملقاة عن الرصيف.

سمع ريما تقول:

- لو التقطتَ صورة لي، اليوم، في ذلك المكان من المرج، حيث عانقتني ولم يكن إلا زهر الربيع وبضعة عصافير، لرأيت خمسة قبور عليها حجارة كُتب عليها شيء ما، وصورًا لخمسة شبَّان مبتسمين، وريحانًا لواحد وعشرين آخرين وفتاة. منهم من كان عاشقًا ومنهم من كابرت رجولته في تفتُّحها الأوَّل على العشق. أتذكر ذلك العاشق الصغير، كانتْ حبيبته اشترتْ له قميصًا مساء التقيناها في المقهى، وراحت تنتظر طلوع الصباح لتهديه إيَّاه، وقبيل أن تغلق خلفها باب الدار، سمعتْ صوت مئذنة الجامع في غير موعدها تصيح، وسمعتْ اسم حبيبها، فهرعتْ إلى القميص وحملته بين يديها باعتناء، وأسرعت

إليه، فرأت نفسها بين نسوة وسواد. ورأت في غيبوبتها ما يكذِّب رائحة التراب وصوت الشيخ يتلو ما تيسَّر له من الذكر. رأته يعانقها فتغفو غفوة مديدة على فراشه. لا تزال رائحته معشِّشة في السرير.

***

يوم التقط أحمد لريما تلك الصورة، كان الندى يوشك أن يحطَّ على أزهار المرج المستوي كمثل بساط مزركش في بيت أمير، حين نهضا عنه، وأخذتهما عَجَلات راحتْ تسير بمشيئة الغربة والحلم، وإذا بامرأة سمراء في الطريق تمشي بخطو ثقيل كأنَّما تقاوم نداء الأرض. فقالت ريما:

- لا بدَّ من أنَّها كانت عاشقة ذات يوم.

ثم سألته:

- هل سنصبح مثلها حين نكبر؟

- لن نكبر يا ريما، سنبقى عاشقَين، والعاشق يبقى كما كان في لحظة عشقه الأولى.

راحت العجلات تستجيب لعبارته، التي تعني خارج الأحلام والأوهام، أن الطريقة الوحيدة كي لا تكبر هي أن تموت شابًّا، وراح الجنون يعبر فضاء روحيهما، هواءً وغناءً وموسيقى ورعاة، يكاد يجتاح شرودهم الحديد المنفلت من عقاله، في لحظة وجد، نحو نهايات مفتوحة على الماء.

أحد ما قال:

- وخلقنا من الماء آيات العشق!

ونظر إليهما من وراء السياج عجل صغير، فأتياه باسطين ابتساماتهما على بُعد خطوات من أيديهما الممدودة إليه، وتعانقا على مقربة من عينيه، وأضمر كل منهما، صامتًا، عجلًا صغيرًا يرعى تخومهما على السرير. قالت ريما لأحمد:

- عشرون صغيرًا في بيت رجل لا يزال يبتسم حين يتحدَّث وتدمع عيناه، عشرون يبحثون عن أهل!

سألت ريما الرجل:

- من أين أتيت بهم؟

فأجاب، وعلى وجهه رسالة احتقار للعالم بمن فيه:

- أخطأتهم الأنقاض، في بلدتهم المتمرِّدة. تفجَّر كل شيء.

نظر الغراب سان نحو السوري قلقًا، لا يدري ما يفعل ليعيد إليه وجهه العالق بأسمنت الجدار، فخاطبه أحمد:

- سان، يا سان! قد تكون قادرًا يا صديقي على فعل شيء، كلَّما تأجَّجتْ في قلبي النار تجدَّدت ذاكرة الأمكنة حيث على كل حجر رصيف وعند كل بائعٍ، حكايةٌ وسؤال.

هزَّ سان رأسه، كأنَّما يقول:

- حدِّثني، فلن أفشي بسرِّك لأحد.

قال أحمد:

- أرى، يا سان، صورة الصبيِّ الذي كان يتلصَّص على خلوتي بريما، في زاوية ورقة سوداء معلَّقة على جدار. كان يُسائل ذكورَته الأولى حين رأيناه من وراء زجاج نافذتنا، وكانت أمُّه اكتشفت حمل أخته في الشهر الرابع، فبات عليهم أن يضبطوا العاشق ويأتوا به مخفورًا بمسدَّس أب عبوس. لم يكن العاشق يعلم حينها أنَّ المسدَّس زائف، وأنَّ الصغير الذي رأيناه يبحث عن الخفيِّ من جسدينا سيُشهر تلك السكِّين ذات النصل الحادِّ التي كانوا ينحرون بها العجول أيَّام الأعياد في وجه العاشق المسكين. كان الكبير سخر منه، وصاح به: «ارجع! فما زلت صغيرًا»، فغضب الولد وأصرَّ على مرافقتهما إلى بيت شابٍّ فقير، كانت أمُّه وأخته عادتا من زيارة مديدة إلى الشام، حين راح الباب يهتزُّ، وتلا عليه حامل المسدَّس أمر الزواج... وإلى المحكمة جرُّوه.

تابع أحمد، وسان ينصت إليه:

- وفي الشام، رأت المرأة كبيرها للمرَّة الأخيرة، ثم رأت رأسه من دون جسد على شاشة التلفاز، وكانت أمُّ الحبلى رجتني أن أتوسَّط لدى

الأب لكي يسمح للبنيَّة السمراء النافرة الحلمتين بالعودة إلى البيت، وأمسكتُ لساني طويلًا قبل أن أجيب. كنت أعلم أنَّ مسدَّس الأب ليس حقيقيًّا. وفي الصباحات، كنت أرى تينك الحلمتين اللتين أوقعتا ذلك القتيل قبل أن تُوقعا عيني، وقد جعلهما الماء تحته بارزتين غامقتين... وراح الماء يندفع ويستصرخ الشفاه، وراحت تشطف درجات السلَّم وتبتسم لنا مفسحة الطريق إلى حيث للأخضر والأزرق وجميع الألوان الأخرى شفافية الماء. وكان الماء كلُّه لريما، ولم يكن للنافرتين إلا الحلم.

هزَّ سان رأسه، ثم أخفاه بين جناحيه.

قال أحمد:

- على ذلك الدرج، صورة الصبي معلَّقة اليوم، في إطار خشبي مقطوعة الزاوية بشريط أسود، وقربها مسدَّس زائف، فيما الأب استبدل بمسدَّسه الوهمي بندقيَّة كلاشينكوف مختبرة ثلاث مرَّات قبل أن تؤول إليه، وقد أصابت الصدر في المرَّات الثلاث. هكذا أكَّد له البائع، وأشار إلى بيوت لُصقت عليها أوراق سوداء في الحيِّ المقابل، ليتأكَّد إن كان لا يزال لديه شكٌّ.

سمع أحمد أحدًا ما يتلو سورة الفاتحة، سمعها تسرح في الزواريب، وسمع صداها على جبل بعيد، وسمعها في مكان ثانٍ وثالث وألف... ثم في كل مكان. تئزُّ في أذنيه سورة الفاتحة على القبور... يطردها، فتملأ أنفه رائحة البخور.

6

عاد داتو في المساء، فوجد صديقه السوري قد أزاح بعض أكياس الأسمنت وعلب السيراميك إلى الجدار المقابل، ووجد أخشابًا فوضعها تحت الفراش، وكنس الغبار من الغرفة ورشَّ أرضها بالماء، وصنع من بضع آجرات وخشبةٍ مقعدًا قرب النافذة، ومن لوح إسفنج عازل سميك، وجده في غير مكان، مسندًا للمقعد، ففرح داتو لتأقلم صديقه مع المكان، وبادره بما لم يكن بباله: سلَّة صغيرة من كرز سوري. تركه ومضى إلى غرفته الملاصقة لمدخل المبنى المهجور، ليبدِّل ملابسه ويغتسل قبل العشاء.

وعلى العشاء، حدَّث داتو صديقه السوري عن بلدة صغيرة رحلت إليها أخته مع زوجها المفتون بصناعة النبيذ. وهناك كانت زولفيا، سمراء الوجه بيضاء الإزار، تعدُّ الخبز على ميزر، في جيب من زقاق فقراء، بُنيَ فيه تنُّور لتخبز نساء الحي خبز الصغار، وكان شباب الحيِّ منه يأكلون، ولم يكُ أحد قد سألها من أين أنتِ قبل اليوم، ولم يسألها كذلك حامل السكِّين. لم توقفه رائحة الخبز. كان يعرف معنى هذا التقاطع في الحيِّ الفقير!

وبعدها، بأقل من الوقت الكافي لالتهام رغيف، عبرت سيَّارة جيب الزقاق، فيها حامل رشَّاش يأكل الخبز ويُطلق النار. أحدهم كان رفع الخبز من يد زولفيا ووضعه على الجدار، وعلا الدخان والصياح وأقفر الحيُّ. هناك تجد كثيرًا من الحمام وقلَّما تجد الغربان.

وراح التلفاز يعرض امرأة قانية الإزار، وينشر رائحة الخبز، وراحت الشاحنات تمتلئ بنساء باكيات وأطفال زاعقين، والدرَّاجات تجوب الأزقَّة، وترسل من بنادقها زغاريد في أذن من لم يغادر داره بعد.

بدأ العرس على حين غرَّة، في ذلك الحيِّ الفقير، وكان العجين على كتف التنُّور الذي جعله أحدهم للجميع، لا يزال ينتظر النار. غطُّوا صدر زولفيا الخارج قائئهُ يسأل عن الخبز برغيف مشويٍّ.

- لماذا قتلوا أختك الطيبة؟
- حاولوا قتل زوجها قبلها في البيت، ولمَّا لم يجدوه جاؤوا إليها.
- والعجوز؟ كيف حال والدك؟ والدالية؟ دعنا نذهب لزيارته.
- ليس قبل أن...
- بل نسافر في نهاية الأسبوع يا داتو، فقد يفوت الأوان.
- هل تشعر بأنَّ والدي سيموت قريبًا؟
- قد نموت قبله يا داتو. أريد أن أراه.

سقطت ريشة رمادية في النار التي أشعلها داتو في حديقة المبنى، وقربها تناولا العشاء، على حديث عن زولفيا، التي لم يمنع موتها رائحة خبزها الطيِّب من أن تفوح. وتذكَّر أحمد أنَّه لم يرَ سان بعد الظهر، فراح يسأل صديقه داتو:

- هل رأيت الغراب؟
- أي غراب؟!
- أخشى أن يكون قد أصابه سوء.
- تخشى على غراب! أنت الذي أصابك مسٌّ.
- سان يشبهنا يا داتو، لا تتمنَ له الشرَّ.
- وتسمِّيه سان، يعني قدِّيس!!
- لم تره إذن. هل ما زال والدك يصنع النبيذ؟
- ما هذه النقلة في الحديث، ماذا أصابك يا صاحبي؟ لا، لم يعد في بلدي أحد يجرؤ على صنع النبيذ... حتى الصوفيِّين منَّا يشحذون السكاكين. في عائلتنا نفسها، يا صديقي، صوفيون وسلفيون...
- دعنا نسافر غدًا.

ترك داتو صديقه ودخل المبنى صامتًا، فيما بقي أحمد قرب النار يُلقي فيها قطعًا صغيرة من الخشب ملطَّخة بالأسمنت. ثم ينتابه هاجس أن يسقط سان فجأة في النار، فيسرع إلى خرطوم المياه ويعالج اللهب بدفق بارد ينساب بعض منه على يديه. وحين لم يبق إلا النسيس وخيوط نحيلة من دخان رطب، كتب لريما على الفايبر: «هل أنت بخير؟ لا تقلقي، سان سيعود»، ولم تكن ريما تعرف بعد من هو سان.

7

في اليوم التالي، خرج أحمد إلى المتجر، فوجد شلعة كلاب في الطريق تنتظر أن ينفكَّ أحدها عن الكلبة التي بدت غير مهتمَّة بمروره. وفي المتجر، اشترى الصابون والشاي والليمون والجبن والمعكرونة والبطاطا وزيت دوَّار الشمس وزجاجة صغيرة من زيت زيتون رديء ومنشفتين.

يومًا بعد يوم، راح يُحضر الماء من البئر التي أرشده إليها داتو، ويُحصي عدد الطائرات التي تعبر سماء العاصمة المكفهرَّة تحت الغيم.

مضى الأسبوع الأوَّل. وفي نهايته، دعاه داتو إلى نادي الصامتين، فظنَّه السوري تخلَّى عن فكرة قتل ريتًا، فقد بدا له أنَّ مزاجه رائق، وأنَّ ابتسامة ترتسم على وجهه في الصباح.

هكذا يسمُّون مقهى يرتاده غريبو الطباع من القوقازيين الذين لا يعجبهم أن يكون القوقازيون قتلة في عيون الآخرين، ودفاعًا عن هذه الفكرة يصبحون شرسين حدَّ القتل. الكلام ممنوع في المقهى. وفي الطريق إليه، قال داتو لصديقه، ولم يكُ قد نام ليلتها:

- كنتَ خائفًا بالأمس، كنت تتحدَّث في منامك. ذكرت ريما كثيرًا! ما الذي ذكَّرك بها؟ أتذكر منامك؟
- أنا لا أنساها كي أتذكَّرها يا داتو، كيف تعيش من دون امرأة، امرأة تدفع عنك صقيع وحدتك، هل يوجد نساء في النادي؟

اكفهرَّ داتو، ثم بعد لحظات قال، كأنما متوعِّدًا:

- أكره النساء. جميع النساء.
- جميع النساء! يا لك من شقيٍّ! أتكره أمَّك؟

- سبق أن قلت لك إنَّ أمِّي ماتت.
- وأختك زولفيا؟
- أختي قدِّيسة. لا تقارنها بأي امرأة أرجوك يا سوري!
- آسف عليها ولأجلك. ربما كان من الأفضل أن أخرج وأتمشَّى وحيدًا.
- صحيح. وأنا سأعود إلى البيت.

***

مشى أحمد في درب ضيِّق، يعبر الحقل المفضي إلى البناء الأصفر، حيث يُباع كل ما قد يحتاجه من طعام ولباس، ربع ساعة تستغرق المسافة إليه، إلا أنَّ السوري كان كمن يمشي في درب الطائرات العائمة فوقه في السماء، فاستغرق أكثر من ضعفي الوقت.

قال أحمد في نفسه:

- تكره النساء أم تخشاهنَّ يا داتو المسكين؟ النساء، كلُّهنَّ، يا رجل، أي شقاء يسكن روحك؟!

ومضى، حبالٌ من هواء تمسك به مشدودة إلى لا شيء، فيرى نساء كثيرات واجمات يمشين في كل اتجاه، وبينهن نساء يعرفهنَّ، يهمُّ بمخاطبة أمِّه وخالته وزوجة عمِّه وجاراته، فتوقفه ريما بحركة من يدها ترجوه الصمت، وتشير إلى أمِّها بينهنَّ. ملمح ما على وجه الأمِّ، يُوحي بأنَّها رأته، ويرى ريما تصدُّها أمُّه الميتة بنظرة ذات معنى لا يخيب، أنْ ابتعدي ولا تتبعيني إلى حيث رحلتُ ذات صباح، فمن هناك لا يرجعون. وكانت يد الأم بقيت دافئة في يد السوري حتى أبعده عنها الشيخ. أين الرجال؟ أين الشباب؟ لا أحد إلا الصمت، لا شيء إلاه... وتنقطع بأحمد أرجوحة الهواء، وإذا بريما على عتبة الباب، وقد عادت الألوان، وجاء النسيم، وأثلج الندى على جبهة الرجل. وعلى مسافة قريبة منه، رأى سان.

- مرحبا يا سان.

ابتسم حين سمع صوت ريما ينبئه بعشق لا يموت، كائنًا الرجل الذي قد يشغل سريرها من يكون. ولكنَّه، قبل أن تهبط روحه الهائمة إلى الأرض، راحت

البسمة على وجهه تذوي، فما معنى أن يكون في حياتها رجل آخر... هاله أن خطر بباله موت رجل لا يعرفه. ولبرهة خيِّل إليه أنَّها ستخبره في يوم قريب، أنه قتيل، فصلَّى من أجل ألا يموت. «كل شيء إلا الموت!»، قال في نفسه، وابتسم، وكاد يسقط في حفرة مع مرور الطائرة الثالثة عشرة في طريقه إلى المتجر.

***

ارتاح أحمد، لأنَّ خاطر الموت راوده، ومشى متجاوزًا المتجر الكبير، وقفز معه على الطريق سان.

سار أحمد، وفي أذنيه، أزيز رصاص لا ينقطع من الجنوب، من ذلك الحيِّ الفقير في مدينته. مشى في شوارع ذلك الحيِّ البسيط والأزقَّة والمقاهي والمحلَّات. ثم عاد إلى مقهى كان يرتاده مع ريما كلَّ يوم.

سأل أحمد النادل:

- أين ستضع فنجانَي القهوة؟ فأسطح الطاولات ممتلئة بالمسدَّسات والبنادق وأمشاط الرصاص.

أمسك بيد ريما ليخرج من دون أن يدري بعد إلى أين. مشيا في الشوارع المزدحمة بين السيَّارات، وراحا أحيانًا يصعدان الرصيف، فينبِّهها لحجارة بينها تستعدُّ للإمساك بحذائها الصغير، وأخرى تستعدُّ لقذف الماء. وكان يعجب الرصيف أن يُسقط ريما لكنَّه لم يدعه يفعل. راح أحمد يقول لريما:

- انتبهي! هنا ندبة في الأرض. لا أفهم كيف يمكن أن تمرِّي في شارع ولا يعشقك ألف رجل؟ ولا أتقبَّل فكرة أن تستجيبي لعشق أي منهم!

وإذا بصافرة شرطي المرور تزعق في صيوان أذن السوري، وإذا بصوته يخلق عاصفة في رأسه فيهزُّه لطرد الضجيج، وإذا بالقفَّاز الأبيض يشدُّه إلى الرصيف، ورجال يفتحون أبواب سيَّاراتهم ويشتمون غاضبين. لقد ارتطمتْ ثلاث سيَّارات واحدتها بالأخرى، وتكسَّر زجاج أبيض وبرتقالي وأحمر. عبر أحمد، وراح ينادي ريما أن تتمهَّل قليلًا، فلقد احتجزته الشرطة وهي لا تعلم، ولم تسمع نداءه وتابعت سيرها، واختفت خلف ركن بائع الخضار. كان يعلم

أنَّها ستتوقَّف لشراء الموالح، وإلى هناك اندفع مفلتًا من حلقة الشرطيين، لكنَّ كُمَّ كنزته لم يغادره، بل بقي يشدُّه إلى ذراع رجل غاضب لم يفهم لماذا يشتمه باللغة الروسية، وغاب عن الوعي.

استفاق مهجع الجرحى على ضحكاته، ففتح عينيه على ظَهر يغادره، ورأى ظَهر ريما... أقسم أنه كان ظهرها، فمدَّ يده وأحاط بمؤخِّرتها ليجلسها على سريره، وحين رآها تتملَّص مدهوشة، ضحكَ، وصعب عليه التوقُّف عن الضحك ليُفهم صاحبة المؤخِّرة أنَّ ريما كانت هنا من ثانيتين، ولا يفهم كيف حلَّت هي محلَّها.

الطبُّ لا يقبل الأشياء غير المفهومة له. قال الطبيب:

- تعرَّضت لعارض نفسي عصبي، وأنت بحالة اضطراب وهياج.

جاؤوا بحقنة من أجل أربع وعشرين ساعة سكون. لكنَّ ريما جاءته وغافلت حقنتهم، والممرِّضة لا تزال تحكي لزميلتها كيف أمسك بمؤخِّرتها، مُحاولةً فهم ما قاله لها فيما كان يشدُّها نحو السرير. وفي هذه الأثناء، راح يبكي لأنَّه لم يعرف ريما، وراح أحد ما يمسح عن عينيه الدمع، ويعده بالراحة عمَّا قريب.

وما إن راحت الحقنة تنسرب في دمه، حتى رأى ريما من جديد في المحمصة تشتري الفستق المملَّح لكأس من العرق. لم يكن قربها أحدٌ، فمدَّت يدها إليه وسحبته، وأسرعت لملء كأسين من العرق، وراح يرجوها أن تجلس بهدوء، وأن تتظاهر بالشرب من الكأسين لكي لا يشعر بوجوده أحد من أهلها. شربا، وفرح لأنَّ أحدًا لم يره في ذلك المساء. أمضيا الليل معًا، ولم تكن بهما حاجة لستارة أو جدار. أيقن أنَّ الموعود يتحقَّق.

ثم خرجا، وجابا شوارع المدينة، وراحا يُلقيان التحيَّات على حرَّاس الحواجز المتعبين. ومعهما الغراب سان، يقفز من سطح إلى سطح، بل يطير متخفِّيًا بصورة مثيرة للضحك. كان بقي في الكيس ما يكفي من الفستق المملَّح ليشبع سان، وقد ترك ريشة فوق المائدة. سمع أحمد صوت رصاص، ثم رأى طائرًا يهوي، وقفزت قطَّة على كتفه، ثم فرَّت مذعورة حين تبيَّنتْ أنَّه ليس

عمودًا من أسمنت وحديد. أمسكت ريما بالطائر وأطلقته من جديد. مرَّا برجلين مسلَّحين، إصبع كل منهما على زناد بندقيَّته، وكانِ السوري اشترى من أجلهما بذور دوَّار الشمس، كانا قرب بوَّابة يتبادلان حراستها مع اثنين آخرين. كان أحمد يشغل الحرَّاس بدوَّار الشمس كي لا يطلقوا الرصاص على صدره ذات يوم. وكانوا يبتسمون ويشكرونه. كانت أصوات رصاص تأتي من جهة البحر، لكنَّ حرَّاس المتاريس المشغولين بدوَّار الشمس ما كانوا يُلقون إليها بالًا.

8

حين وصل إلى مقربة من المبنى المهجور، شاهد دخانًا يتصاعد من الفسحة التي كان ينبغي أن تصبح حديقة خلفية له، فأدرك أنَّ داتو أشعل النار، وشعر بأنَّ صديقه يداري نار قلبه بأخشاب يحرقها في موقد مفتوح بين كتلتي طين كبيرتين، الشقُّ بينهما يُفضي إلى بركة ماء تشكَّلت من أساس بناء حُفِر وهُجِر. وكان أحمد مهدود الحيل بسبب المهدِّئات التي زرقوها في دمه.

- السلام عليك يا صديقي.
- أين كنت يا سوري يا لعين! أرعبتني، لماذا لم تعد أمس؟ أين قضيت الليل؟!
- لا تقلق، كل شيء على ما يرام.
- ولكنَّ لسانك ثقيل، هل أكثرت من الكحول أمس ونمت مع المشرَّدين؟
- هههه! لا، لم أنحدر بعد إلى هذه السويَّة. كنتُ في المشفى. لا أدري لماذا اقتادوني إلى هناك.
- ما الذي جرى؟
- لم يحدث شيء، لكنَّهم لم يفهموا ذلك...
- ما الذي يجب أن يفهموه؟
- قالوا إني سرت وسط الشارع السريع، وتسبَّبت باصطدام عدَّة سيَّارات ببعضها، وكانت الشرطة ستأتي اليوم لتدقيق وثائقي وإقامتي فهربت.
- حسنٌ أنك تمكَّنت من الهرب.
- لا تخشَ على صديقك، يعرف كيف يحتال.

- بل بتُّ أخشى عليك. من دون إقامة أو عمل، كيف سأتركك وحيدًا.
- ولماذا تتركني، يا داتو؟
- سوف أخرج، وقد لا أعود.
- ما الذي جرى يا صديقي، هل من جديد؟ هل عدت إلى أسطوانة قتل ريتًّا؟ ستقتل نفسك، ارحم والدك العجوز.
- لن أقتل نفسي، ولكنهم قد يقتلونني... لا علينا، دعنا من هذا الحديث الآن، لقد أعددت حساء لذيذًا، هيَّا بنا.
- ما رأيك في أن نأكل هنا، على الأرض قرب النار، مثل مقاتلَين منسيَّين.
- طيِّب. استرح أنت.

دخل داتو المبنى، وبقي صديقه السوري مسكونًا بالقلق عليه، من دون أي رغبة في الطعام.

ولما جاء داتو بطنجرة الحساء، بدت عيناه مطفأتين، وكاد يُلقي بالحساء في النار، لولا مدَّ أحمد يديه وتناول الطنجرة منه. تذكَّر داتو فجأة أنَّ ريتًّا هي التي علَّمته كيف يطهو هذه الأكلة بالذات، وكيف كان يساعدها في تقشير البطاطا وتقطيع البصل والجزر والفلفل الأحمر، ريثما تُعدُّ اللحم، ثم يضبط كمية الملح والبهارات، ويقبِّلها قائلًا:

- أنتِ أشهى من أي طعام.

ويشدُّها إلى أريكة، تاركًا اللذَّة تنضج على نار هادئة.

- أتعلم أنَّه حساء ريتًّا المفضل؟

نهض أحمد وفتح ذراعيه، قائلًا:

- دعني أعانقك يا داتو. أنت رجل حقيقي، وإنسان رائع. كل شيء سيكون على أحسن حال، صدِّقني... كل شيء.
- سأحاول تصديقك.
- وبهذه المناسبة، أريد أن أشرب.

قفز أحمد من مكانه لإحضار زجاجة، فيما اتَّجه داتو إلى صنبور خارجي وصفع وجهه مرَّات عدَّة بالماء البارد المشبع برائحة الكبريت.

***

وفيما انهمك القوقازي في تناول الحساء بتسارع وصوت صاخب، كأنَّما ينتقم منه، نظر السوري إلى جدار المبنى الخلفي، فرأى بضع زجاجات اصطفَّت من تلقاء نفسها، وربما صفَّها داتو، زجاجات اجترع القهر محتوياتها، كأنَّما وقفت تحرس النار. ابتسم السوري ابتسامة ذابلة لفكرة أنَّها تتبادل الوقوف في غفلة من داتو، كما يتبادل الوقوف أولئك الذين يحرسون شعلة النار الخالدة. وراح يكتب إلى ريما: «لن تنطفئ شعلتي طالما أنت معي». وسرعان ما أجابته: « لن تنطفئ إذن».

وفي ظهيرة اليوم التالي، علم برجلٍ في طريقه للإمساك بشعلتها فاصطدم بعمود كهرباء، واشتعل في عينيه غضب العاشقين الممزوج بالغيرة والحنين. وفي طريق عودته من غضبه، زرق على أنفه غراب، لم يكن سان، فقال في نفسه: «أعَلى الأنف، أيها الغراب!»، ونظر إلى تراب الدرب المفضي إلى شجرة تفاح نصف يابسة، وركل علبة بيرة فارغة، كان أحد عابري فضاء هذه الشجرة الوحيدة على الطريق قد دلق محتواها في جوفه. وكرَّر السوري: «على الأنف! الأنف؟». ثم أخبر ريما بما حصل فضحكت، وأزعجه ضحكها، فأغلق الخطَّ، ثم ندم، وعاود الاتصال، وقال:

- يبدو أنني كنت مُضحِكًا، وإذا بي أتوقَّع منك أن تتمالكي نفسك فتتظاهرين بغير ذلك. يعني أن تكذبي! لا تكذبي، أرجوك مهما يكن السبب.

مع عودته إلى المبنى المهجور، كتب على الجدار المقابل لباب غرفة داتو: «ربَّما لم تكذب يا داتو، ولم تخدعك، ولم تخنك»، وشعر بارتياح.

9

في ليل ذلك اليوم، رأى أحمد مهرة بيضاء في المنام، عيناها سوداوان لامعتان، حاول الإمساك بها فراوغته، حتى وجد نفسه معلَّقًا على فرع شجرة سنديان عملاقة، فيما هي راحت تحفُّ عنقها بالجذع، قبل أن تلعق جبهته فيصحو، ثم يحزن حين يخطر بباله أنها قد تكون مسحت تلك الأشياء المكتوبة على جبينه. فكثيرًا ما كانوا يقولون: «مكتوب على جبينك»، ويعنون القدر. قال أحمد في نفسه:

- لكنَّ المكتوب على جبيني ذاب في لعاب المهرة، فكيف أستعيد صفحتي ومن يقرأها لي؟

وطاوعت الغفوة رغبته فعاد إلى الحلم، ليبحث عن المهرة، فإذا ببقرة توقظه بطرف ذيلها.

حين كان أحمد صغيرًا، كثيرًا ما كان يجلس على شاطئ مدينته الصخري ويقرأ أسماء قوارب الصيَّادين وقوارب النزهة، وبين قارب وآخر يتابع ارتسام طريق الطائرات في السماء، ويشعر بأسى عليها، فقد سبق أن قال له رجل كان ينتظر مجيئه من الشمال كل عام محمَّلًا بأقلام رصاص مرنة يمكن طيُّها:

- الطائرات لا أسماء لها.

لاحقًا، سيتبيَّن له أنَّ لها أسماء. حزن الصغير لأنَّها تعيش عمرها من دون أسماء. ويومًا بعد يوم، صار يعرف، جيِّدًا درب الطائرات، وينتظر أن تُسمَّى واحدةٌ منها باسم جدَّته التي منذ رحل أبناؤها الأربعة تبحث عنهم بين الغيم. قال لها الشيخ:

- هم رحلوا إلى السماء.

من على صخرته، كان الصغير يتفحَّص وجوه رجال الحيِّ، وقد لفحتها شمسٌ ينتظرون في لهيبها خروج لقمتهم من الماء، مربوطة بخيطٍ قِيل له إنَّهم يصنعونه من النفط، ولم يفهم كيف يمكن للمازوت الذي تنفِّره رائحته، ولذلك السائل اللزج الأسود الذي يطفو على سطح الماء ويلتصق بجسده الغضِّ، أن يتحوَّل إلى خيط شفَّاف لإخراج السمك.

كانت أخته التي تكبره بعام، تكرِّر على مسمعه كلَّما أمسك بالفنجان:

- السمكة رزق في المنام، وفي فنجان القهوة.

كانت تُحصي الليرات في طامورتها كل صباح، راجية من الليل أن يضيف خلسة ما يكفي لشراء حذاء قبل مجيء الشتاء.

راح الصغير يحتسي القهوة في سنٍّ مبكرة، ويفرح لشاربين يرتسمان من بقاياها فوق شفتيه، ويروي لأمِّه المتعبة، وقد اعتكفت عن الخروج إلى الشارع بسبب من فستانها المتهالك، كم رأى من الأسماك في منامه، وكم يرى منها في الفنجان. كان يعرف في أبيه الصبر على الجوع، ولكن ليس على البنِّ ولفافة من التبغ البلدي. كبر الصبيُّ ورحل مع الغيم، وراح يكتب للشمس أسماء، وجاءت الأسماء كلُّها بعد اسم جدَّته وأسماء أولادها الراحلين إلى مكان لا أحد يعود منه.

ثم، وبعد أن حطَّت الطائرة بجسده في موسكو، وجاء به داتو إلى المبنى المهجور القريب من المطار، راح يبحث عن أسماء للزهر الذي تبيعه الصبايا للعاشقين عند مداخل محطَّات مترو الأنفاق، ولذلك الذي تبيعه العجائز على أبواب المقابر. ويحزن لأنَّ زهر المقابر، ميِّت مثل من يُهدى إليهم، زهر مصنوع بعناية من النفط، وألوانه زاهية كوسيلة إيضاح تُعين الأموات في تذكُّر الألوان. ثم، يومًا بعد يوم، راح يحصي، بعد الطائرات، أعداد الغربان والكلاب الشاردة التي تجوب محيط المبنى المهجور.

10

ذات صباح، ودَّع أحمد داتو إلى عمله عند بوَّابة المبنى المصنوعة من أخشاب تردُّ الريح، ولكنَّها لا تصمد أمام يد قويَّة يفكِّر صاحبها في الدخول عنوة، وحسنٌ أنَّ أحدًا لم يفعل ذلك إلى الآن، وبينما كان ينظر إلى المهرة على سطح الجيران، طارت حمامة بيضاء من سطح بيت الأرمني، الذي لا يكلُّ من الحديث عن أجداده الذين أبادهم الأتراك، إلى بيت أذري تقاعد مبكرًا من معارك قره باغ، عابرةً فضاء مسبح في فسحة دار رجل روسي أفطس الأنف عاد من حرب الشيشان بامرأة سمراء، استولى على بركة إطفاء الحرائق وضمَّها إلى حديقة قصره وحوَّلها إلى مسبح يقفز فيه حين يحمرُّ أنفه أشدَّ الاحمرار من شرب الفودكا، ويفعل كذلك في الشتاء، فقد بنى حمَّامًا روسيًّا ملحقًا بالقصر في زاوية الحديقة، يقفز منه إلى حفرة في جليد البركة المسروقة الماء.

بدا سان ممتعضًا لرؤية السوري يتابع بإعجاب الحمامة البيضاء، فانقضَّ عليها، ما اضطرها إلى الهبوط في أرض القصر المطوَّقة بسور عالٍ والمحمية بكلاب شرسة. فما كان من أحمد إلا أن ناداه بحذر، خشية أن تقضي عليه الكلاب:

- ساااان، لا ترتكب حماقة! الحمامة البيضاء صديقتنا يا سان. جرِّب صداقتها ولن تندم.

يُزعج السوري أنَّهم يكرهون طائر الغراب بسبب لونه ليس إلا، هو ساكن مدنهم الذي لا يزعج أحدًا منهم، أمَّا الحمام فكان يحبُّ منه اليمام.

وفي غالب الأيَّام، كان الغراب سان يأتي إلى نافذة السوري، ويمضي هناك وقتًا طويلًا كأنَّما يتأمَّل الرجل الحزين. وفيما كان داتو يصرخ في وجه الطائر

ويطرده متوجِّسًا شرًّا، كان أحمد يطعمه ويرى فيه كائنًا مسكينًا محكومًا بلونه. وكان داتو يعلم أنَّ الغراب كائن ذكي ومخلص لمن يعامله بلطف، ولئيم يكيد لمن يظهر له كراهية أو ينفر منه، ولكنَّ ذلك لم يغيِّر من طبيعة شعوره في شيء.

عاد سان من معركته مع الحمامة البيضاء، مسلِّما بوعد صديقه، فبادره أحمد بالقول:

- في ذلك اليوم، كانت ريما تكذب يا سان!

لم يفهم سان عن أي يوم وأي شيء يتحدَّث السوري. صمتا، ونظر سان نحوه، ليس طلبًا للطعام، إنما للبوح، حين رأى الحزن مخيِّمًا على وجهه. سأله السوري:

- ما الذي تنقله الشاحنات باتجاه الضاحية، يا سان؟

جاءه الجواب من وراء النافذة: «إنهم ينقلون ورق الخريف».

التاعت روح السوري: «لا أريد أن أراك هنا مرَّة أخرى أيُّها الخريف».

اختفى سان في مكان ما. دخل أحمد المبنى، وجاء البحر إليه، موجة من الشوق تعلو أخرى، ولا تُبقي على شيء سوى الحنين.

- لم يعد للحمام والنوارس مكان في حياتي، عد يا سان.

حطَّ على النافذة الغراب.

- أخبرني يا سان، ماذا يعني أن أرى عيني ريما تلاحقان مركبًا صغيرًا وحيدًا يبتعد به الموج، ولا يظهر منه مجذاف ولا تُرى دفَّته حين يتقلقل حوله الماء. وتصرخ ريما: «حبيبي! ردَّ عليَّ! هل أنت في المركب؟ ردَّ يا حبيبي أرجوك»، وأصيح: «لست أنا الذي في المركب، لا تطاوعيه يا ريما، سوف أعود. انتظريني. راجع مع الشمس». أتعشقون مثلنا أنتم الغربان، وتقتلكم الغيرة والشعور بالغدر؟

***

نام السوري على بساط، لا تخفى عن العين بقعة الزيت المشبعة بغبار الأسمنت المرتسمة عليه، نوم المكتئبين، ملفوفًا بألف سؤال، ممسكًا بخيط

نعاس من اللامبالاة. مضت ساعات، وعلى غير عادته، جاء داتو مبكرًا، ودخل صاخبًا، وهو يصيح:

- «تعال يا سوري، تعال، أعرِّفك على هذه الشقراء الحلوة! سنشرب كأسًا معًا»، ثم خاطبها حين رأى عينيها تجوبان المكان متأفِّفتين، «سريرنا نظيف، لا تقلقي».
- «قل سريرك يا صديقي»، بادره أحمد.
- لم أعجب صديقك يا ساشا، ههههه! لكنَّه يعجبني... سنرى، على أية حال، إن كان سيصمد.
- ساشا؟! وماذا بعد؟ سأترككما، وأتمشَّى في الجوار، لدي زجاجة نبيذ إذا كان يعجب الآنسة قدِّمها لها.
- «افتحها أنت، واسكب لي كأسًا، قبل أن تتركنا كما تقول»، قالت الشقراء.
- حسنًا، من أجل صديقي ساشا سأفعل.
- صديقك وقح، ولكنَّه لذيذ.
- اجلس يا صديقي جورج. اجلس. تتمشَّى فيما بعد. إنَّك تعجب البنت.
- «جورج! هههه حسنًا.. تفضَّلي»، قال السوري وقد صبَّ النبيذ في كأس كبيرة معدَّة لشرب الشاي، «الكأس لا تليق بالنبيذ، لكنَّها الظروف».
- أنت لطيف حين تريد.
- نعم، حين أريد، ولكن...
- لا تقل إنَّك لا تريد هههه. ساشا قال...
- «سااشا»، كاد يسأل من ساشا رغم سماعه الاسم قبل قليل، فابتسم لداتو ساخرًا، «سأتركك يا ساشا مع صديقتك».

مضى السوري، لا يدري لماذا بدَّل صديقه القوقازي الأسماء. سخر من

فكرة أن يكون اسمه جورج، فهو لم يخطر بباله أن يحمل يومًا هذا الاسم. ابتسم حين تخيَّل كيف ستُفاجأ بعضو داتو القصير ولكن الثخين. وعند بوَّابة ثكنة عسكرية مهجورة، تبعد مئات الأمتار باتجاه المغيب، قرأ أحمد على حديد صدئ اسم «مارغو»، وكان صاحبه يدلِّع حبيبته مارغريتَّا، أي ريتَّا، فتذكَّر أنَّه لم يسأل الفتاة عن اسمها ولا داتو أخبره، ثم أقلقته فكرة أن يكون اسمها ريتَّا، فينقلب مزاج داتو ويقتلها. فقرَّر العودة إليهما.

حين بلغ المبنى المهجور، وقف متردِّدًا على مقربة من بوَّابته، ونظر باتجاه غرفة داتو، فرأى سان على حافَّة نافذتها يحرِّك رأسه إلى الأمام والخلف... أمام وخلف، مادًّا جناحيه إلى أمام كأنه يمسك بشيء، ورآه يكرِّر الحركة مرَّات ومرَّات، ثم يدفع بجسده إلى الأمام والخلف في حركة بطيئة في البداية. ثم بدا كأنما الطائر جنَّ، فراح يعلو ويهبط حتى صاح به السوري:

- من غير اللائق أن تتلصَّص على داتو يا سان! سيقتلك لو رآك.

كان شقٌّ في الستارة يسمح برؤية ما يدور هناك.

11

في الصباح التالي، نهض أحمد كأنَّ به مسٌّ من جنون، يصبِّح الجميع بالخير، وعلى وجهه ابتسامة بلهاء: «صباح الخير سكان المدينة السمر، صباح الخير سان، لا تحكي لأحد أنَّك رأيت داتو وقلَّدت حركاته أمس، ورأيتني أشرب في عتمة غرفتي حتى غفوت من دون أن يدري داتو أني عدت. صباح الخير، صباح الخير أيَّتها الكلاب الشاردة، أيَّتها القطط، صباح الخير. لا تتعاركي! صباح الخير يا قرميد الأسطح، لماذا أنت مائل والمهرة على حافَّتك تكاد تسقط؟ صباح الخير».

ثم يهمد حين يتذكَّر منامًا رآه. في المنام، قال لسائق شاحنة غريب: «صباح الخير!». وصعد درجات حجرة سائقها الثلاث، فردَّت التحيَّة بصوت ناعس سكران فتاةٌ مستلقية على سريرٍ وراء مقعد القيادة، أُعدَّ لاستراحة في الطريق، وسألته: «إلى أين؟»، ثم استدركت، «أم أنك مثلي لا تعرف، ولا يعنيك الأمر؟».

وكانت الفتيات على طريق المطار، ما إن يتراخى الضوء في أداء لعبته حتى يلوِّحن للسائقين، ولا بأس بشاحنة إذا ما فات أوَّل الليل. وقبيل الصباح، تستسلم المتعبات للعابرين.

- «صباح الخير»، تقولها وتلجأ إلى السرير.

ويقول السائق في نفسه: «حسنًا، لتغفو قليلًا ريثما أصل إلى طرف غابة حيث يمكن الوقوف».

سأل أحمد السائقَ:

- لماذا تتوقف وتقلُّني، ومعك هذه الصبية؟

نظر فلم ير سائقًا. الشاحنة تسير به والفتاة. تضحك الفتاة ضحكة متقطِّعة متعبة، وتقول:

- دعني أغفو. إذا أردت النزول ستتوقَّف الشاحنة من تلقاء نفسها. ما عليك إلا أن تريد ذلك فعلًا.

وفجأة يرى ريما! ويندفع إليها متألِّمًا:

- كيف تسافرين مع عابر وإلى أين؟

فتجيبه خائفة:

- لا، لا، أنا لست مع أحد... أنا معك. هكذا هو الطريق... لا تقلق. أنا كما تعرفني، فلا تسألني كيف أكون.

وإذا بريما تختفي، وإذا به يرى سرير الشاحنة فارغًا، ويرى السائق يأمره بالنزول وسط الثلج، فيصيح:

- أين الشمس؟! يا داتو، تعال وخذني من هنا. ريما كانت هنا واختفت.

يضحك داتو ضحكة مظلمة في الطرف الآخر من العاصمة، ويقول لأحمد وبينهما تتداخل آلاف السيَّارات الراحلة في كل اتجاه:

- أين أنت أيها المجنون؟ قلت لك لا تمشِ من دون سلاح!

فيطمر أحمد نفسه في الثلج على هامش محلق السيَّارات العريض، ويطمر سان تفاحة على مقربة منه، ثم يجلس متأمِّلًا وجه صديقه تتساقط عليه ندف ثلج تضيئها سيَّارات الراحلين إلى دفء نسائهم. وينده السوري:

- داتو! تعال إلى هنا يا صديقي، تعال. لا تغضب، تعال بشاحنتين، لكل منَّا شاحنة، تسير به وفق ما تسير الروح! لن نموت، فلا وقت لدينا لانتظار رجال الإسعاف ووكلاء شركات التأمين. ريما تنتظرني وريتًّا تنتظرك.

نظر أحمد حين تذكَّر المنام الذي لم يقلقه كثيرًا، إنَّما شعر بعده بحاجة للاستحمام مرَّة أخرى، نظر من النافذة فلم يرَ ثلجًا، بل أوراق الأشجار نارية الألوان توشك أن تطير. لجأ إلى الماء المشبع برائحة الكبريت، ووقف تحته طويلًا مغمض العينين. كان داتو قد خرج إلى عمله، مصطحبًا في طريقه الفتاة التي لم يعرف أي منهما اسمها، ولا هي عرفت اسم أي منهما.

12

في الطريق إلى نادي الصامتين، فرك أحمد عينيه، ليطرد منهما رجالًا يراهم يخرجون من منازلهم، كل منهم يرتدي فوق سرواله آلة سفاد، وعلى رأسه طنجرة تنقر عليها امرأة تتبعه موسيقاها، وقبالتهم عسكر يحتشدون في خوذاتهم ودروعهم والبنادق في أيديهم مستعدَّة لأمر (نار)! ثم نساء يضربن على الطناجر إيقاع زفَّة العروس، فتنطلق من آلات الرجال مفرقعات، وعساكر يخلعون بنادقهم ويفرُّون، وإذا بهم أمام الماء ينسون أنفسهم فيتعرُّون ويقفزون إليه، ويتقاذفون هناك التفاح ويقضمونه ضاحكين. ومهرة تمشي على حافَّة السطح وفوقها مروحية صغيرة ملوَّنة تطير.

وأخيرًا، يصل أحمد إلى النادي، وهناك ينهدُّ على كرسي، ومع الكأس الثالثة، يدير محرِّك سيَّارة من ورق وينطلق بها لتلتهم الطريق... وتنظر ريما إلى عينيه متسائلة:

- أحقًّا نحن في طريقنا إلى السماء؟

يلمح عجوزًا عن بُعد، عند مفترق طريق فيهدِّئ من روع الورق الملوَّن القابل للاشتعال، ويتوقَّف على بُعد خطوة من عكَّاز العجوز، ويقبِّل ريما على مرأى من عينيه، وقد ارتسمت حولهما تجاعيد ازدادت عمقًا مع ابتسامة حبٍّ، ويصيح العجوز:

- الله يديم قلوبكم... عيشوا يا عمِّي عيشوا! العمر مثل قشَّة بالريح. لا تتركها يا بني، الهوا الأصفر جاي والعمر قصير!

يعانق أحمد حبيبته ريما، ويمضي العجوز.

تضحك ريما لمزقة خضراء معلَّقة قبالة سرير حبيبها، ثم ترتاع لرؤية جسده ممدَّدًا على ألواح من خشب السنديان، يغسله الشيخ، متسائلًا عن سرِّ الابتسامة

على شفتيه الميّتتين. وتراهم يتركونه لقيامته على قمّة جبل قرب طريق تعبره الجرّارات.

ذات عصر، كان ضاحَكَ ريما على ذلك الجبل ظانًّا أنَّ أحدًا لم يرهما هناك، وإذا برجل أتعبه حمل بندقيَّته الكلاشينكوف مع ستّين رصاصة في مخزنين مترابطين وستِّين في مخزنين إضافيين، يستوقفهما ويلوح من وراء الأجمة جنديان آخران، فيقول للجندي:

- أتتوقعون أن أصطحبكم، ومعي هذه الصبيَّة؟ انتظروا سيأتي جرَّار بعد قليل.

ولم يكن يدري أنَّ الأطفال هناك سيجمعون أغلفة الرصاص الفارغة بدل بذور المشمش المرمية على الطرقات. كانت رائحة المشمش تملأ أزقّة تلك البلدة الصغيرة. البلدة كلُّها أزقَّة، فلا شوارع هناك. لكنَّ أحدًا لم يعد يجمع بذور المشمش، ولم يعد يحصيها الصغار.

يضحك المقاتل الحامل بندقيَّته الثقيلة على هامش الطريق، فيقول لأحمد: «الله معكم». ويضغط ذلك الذي لم يكن قد سكن المبنى المهجور بعد على دوَّاسة البنزين لتندفع السيَّارة بعيدًا، خشية أن تطلب منه ريما العودة لاصطحاب المقاتل المتعب، فقد التمع الدمع في عينيها، بعد ابتسامة مشرقة. ثم يوقف السيَّارة على قمَّة منحدر شديد يُفضي إلى البحر. ينظر إلى عيني ريما، ويقول:

- تعالي نجعل الشمس قبل غروبها خبزًا وبساطًا ونبيذًا لنا، تعالي نجعلها تخضّب عناقنا بالضوء.

يعانقها ويتلاثمان... ويمرُّ شعاع بين ثغريهما ثم يذوب، قبل أن يستيقظ السؤال. ويلفُّ الشيخ جسده برغيف خبز كبير، جاء به طفل من امرأة خبزته على التنور.

13

لم يمضِ أسبوع حتى رجع السوري إلى تلك المعادلة التي حفرها على خشب طاولة في نادي الصامتين: «2-1= صفر، 2+1= عود ثقاب»، ساخرًا من نفسه ومن أفكاره التي يريد لداتو أن يطبِّقها، فيما هو ضعيف دونها، فقد أمِل أمس في أن تعيد تلك الليلة مع الفتاة داتو من وحشته إلى أنسه، فيتراجع عن فكرة القتل، ويرغب في مزيد من الأنس والدفء الأنثوي. قال أحمد في نفسه: «لو كنتُ منسجمًا مع نفسي لما كتبت هذه المعادلة الوحشية، ولما رحت أعلِّم داتو كيف يجب أن يكون... لو كنت أستطيع!».

أشار إلى النادل راجيًا كأسًا أخرى، وكتب لرجل صامت على مسافة كأس منه: «ما أسهل أن يُجنَّ المرء!».

بعد أيَّام، جنَّ رجل ومنعوه من دخول النادي، لشدَّة ما راح ينده لامرأة لا أحد يعرفها هنا، لكنَّه لم ينفكَّ ينتظرها على عتبة الباب منذ جنَّ.

حفر أحمد على شاشة هاتفه المحمول: «داتو سيقتل ريتًا يا ريما، وسوف يقتل نفسه لو فعل، أرى الموت في عينيه كل يوم. لقد ضاجع امرأة بجنون كأنما ينتقم من النساء كلهنَّ، ولم يُشفِه ذلك من رغبته في القتل».

وفيما وضع أحمد هاتفه على خشب الطاولة العتيق، رأى أمام باب النادي غرابين، أحدهما يتفحَّص وجوه القادمين من عمود مكسور، والآخر يروح ويجيء أمام المدخل بخطوٍ ثقيل بطيء وصمت مهيب. فقال مخاطبًا سان:

- ما أقسى أن يُصاب المرء بفقدان الذاكرة، يا سان!

ثم ارتاع لفكرة أن يفقد ذاكرته فيرى ريما ولا يعرفها. وخفق سان بجناحيه القويَّين أمام وجهه كأنَّه يطرد الفكرة التي لم تعجبه. سقطت ريشة منه، خرج السوري والتقطها، ووضعها في حقيبته.

غادرت سان أمس ريشتان على حافَّة النافذة، أخذهما أحمد ووضعهما في زجاجة محبرة كان عثر عليها على بسطة عجوز في سوق الأحد، في بلدة لا يزال يطير فوقها قدِّيس حاملًا أيقونته، ناشرًا صلواته فوق الفقراء الخارجين إلى السوق العتيقة، يعرضون استبدال الخبز بأشياء الأجداد، وتفوح رائحة الرطوبة من ملابس لا أحد يشتريها.

كمد سان وثقل خطوه وخشي عليه السوري الموت، فناداه:

- لا تمت يا صديقي أرجوك. بل افعل شيئًا من أجل داتو... من أجل ألا يقتل ريتًا. ريتًا لم تكذب عليه ولم تخنه. أفهمه ذلك على طريقتك يا سان.

لكنَّ سان الحزين لم يُجِب. وسقطت منه ريشة أخرى، وأخذتها الريح قبل أن يدركها أحمد. وصل داتو إلى النادي، وحسنًا فعل، فلم يكن قد بقي في جيب صديقه السوري نقود:

- داتوووو! هات مسدَّسك يا داتو.

14

اشترى أحمد حبرًا صينيًا أسود، وملأ المحبرة، وزرع فيها ريشات سان التي راحت تتساقط بتسارع أقلقه. ومع كلِّ واحدة، راح حزنه على صديقه الغراب يزداد، وقلقه من معنى لذلك لم يدركه. ابتسم أحمد حين خطر بباله أن يكون الحبر أبيض فيبيَضُّ ريش سان ويكفُّون عن كرهه، ثم عاوده الحزن والقلق.

وحيدًا في غرفة رمادية، لا يلوِّن جدرانها إلا بقع صغيرة عشوائية من دمه على شكل بعوض مهروس، خاطب أحمد سان:

- لن ألوِّن ريشك يا سان إلا إذا أنت أردت. قل لي ماذا تريد؟

ثم شعر، فجأة، بقلق خفيٍّ من الأبيض والأسود، فكتب لريما: «لا تجزعي يا ريما إن مررت قربك ولم أتوقَّف، فالذي يعبر مني قليل. لا، ليس خيالي، هذا أنا ولكنني أعجز عن الإمساك بنفسي، فإن استطعتِ استوقفيني قبل فوات الأوان. الذي يبقى مني وحيد والذي يرحل وحيد».

ردَّت ريما: «معاناة الإنسان، وحدة أينما كان!».

دبَّت كلماتها على صدغيه نحو عينيه ثم جفنيه حتى كادت تأخذه غفوة دامعة، فأجابها، طاردًا خاطر النوم: «اكتبي، فالحبر أبقى من الدم. كم محزن ذلك يا ريما، وكم لا يعجبني أن أموت في غفوتي، فإني أريد أن أخبرك بشيء قبل أن أرحل، وأخشى أن أكون في الحلم في مكان آخر فلا أقول ما أريد».

أقلق ريما جوابه، فاستنجدت بداتو: «أين داتو؟».

لكنَّ السؤال لم يبدِّد خوفها، فكثيرًا ما يأتي الموت ساعة الفجر ويكون حبيبها وحيدًا في هذه الساعة، إلا أنَّ الجواب وضعها في منطقة أخرى من القلق:

- أنتِ لا تحبِّين داتو، لماذا تسألين عنه؟ فهو ما زال مصرًّا على أن ريتًا تخدعه وتخونه؟

- نعم، داتو أحمق، تكفيه كذبة صغيرة لقتل إنسان. مَن مِن البشر لا يكذب؟!

- داتو رجل طيِّب، ولكنَّه يكره الكذب، ولا يرى فرقًا بين كذبة كبيرة وصغيرة، كلها عنده تؤدِّي إلى الغشِّ والخيانة... ساعديني على تذكُّر ابتسامة أمِّي. لا أستطيع تذكُّرها.

توجعه ريما حين تدافع عن الحقِّ بالكذب، قائلة:

- ولكن، من حقِّ الإنسان أن يكذب. من حقِّه أن يحمي نفسه من تبعات الكلام، فلا يقول ما قد يؤذيه.

يصرفها عن الحديث، كعادته حين يوجعه الكلام، ويقول:

- أنا أحدِّثك عن أمِّي، لماذا تعودين إلى الحديث عن الكذب. ما الذي جعلك تتحسَّسين؟! كانت أمِّي تضحك لأغنية «لو عصفورك منك طار»، وتقول «يا عيب الشوم على هالكلمات»... ههه! تخيَّلي بندقيَّة تطلق العصافير بدلًا من أن تطلق عليها. سأشتري بندقيَّة تطلق العصافير! هذه هي الكأس السابعة يا ريما. إذا رأيت ريتًا انصحيها ألا تكذب. سأنام الآن، أكتب لك حين أصحو. تصبحين على خير.

أغلق أحمد الهاتف قبل أن تجيب ريما: «تصبح على خير»، وخرج من شبكة الاتصالات. كان قال لداتو أمس، حين رآه يتفقَّد مسدَّسه معلنًا أنَّه سيغيب بضعة أيام:

- ريما... عفوًا ريتًا لم تكذب يا داتو!

رجاه أن يُرجئ خروجه إلى حين يسافران معًا لرؤية أبيه العجوز. قال أحمد كاذبًا:

- رأيته في منامي، أمس، رجاني أن أصطحبك إليه.

باب الأبواب

1

في الطائرة إلى القوقاز، بدا داتو كأنَّما تخلَّى عن فكرة قتل ريتًا، رغم عنفه اللفظي بحقِّها. هكذا بدا لأحمد.

قال داتو، وابتسامة ساخرة ولكن طيِّبة ترتسم على وجهه، حين عاد أحمد لسؤاله عن الدالية:

- يوم كنتُ أتدرَّب على العشق، وكان العشق لا يزال ممكنًا في بلدي، قطع أبي الدالية، وأجبرني على العمل لشراء عريشة بدلًا منها. كان عمري ربما ثلاث عشرة سنة.
- احمد ربَّك أنه لم يقطع شيئًا آخر!
- ليته قطعه قبل أن أعشق ريتًا!
- ريتًا لم تكن قد وُلدت بعد.
- ليتها لم تُولد!
- لو لم تولد ولم تعشقها ولم...

أراد أن يقول لو لم تهرب مع عازف الغيتار، لكنَّه صمت في اللحظة المناسبة، ثم تابع:

- لما التقينا.
- يا لك من فيلسوف! دمَّرت حياتي فقط من أجل أن ألتقيك! ستقول لي بعد قليل هيَّا بنا نسافر للقتال في سوريا، بدلًا من ملاحقة امرأة مسكينة! سوف أذبحك لو دافعت عنها.
- إذا كان قتلي يعيد إليك الطمأنينة فاقتلني.

- أحمق أنت. حقًّا، ما الذي جاء بك إلى المحطَّة؟ أي قدر! فبدل أن أراها رأيتك... هل تعلم أنَّ المسدَّس كان في جيبي، وكانت طلقة في بيت النار على أهبة الانطلاق؟!
- أسأمني حديثك المكرَّر عن المسدَّس. طظ بالمسدس وبأوهام الرجولة التي حشوا رأسك بها، لن تقتل أحدًا. أنت أطيب من أن تقتل...
- وبماذا طظ أيضًا؟
- بحضرتي. بي شخصيًّا.
- موافق.
- ههه. لم تقل لي لماذا قطع العجوز الدالية؟
- كنت أتلصَّص على ابنة الجيران من وراء العريشة، فضبطني أبي وقال غاضبًا، ولكن بصوت منخفض كي لا تسمعه البنية: «إذا كنت رجلًا انظر إليها وجهًا لوجه ولا تتلصَّص من وراء الدالية. إيَّاك أن أراك مرَّة أخرى تفعل ذلك، ستيبس الدالية إن فعلت». ورآني مرَّة أخرى، فقطع الدالية. كانت بعض الحبَّات في العناقيد قد تلوَّنت بالأحمر حين بدأت الأوراق تذبل ثم تذوي. ولم يخطر ببالي أن يكون قد نشر الجذع قرب الأرض بين عروق الجلنار. كانت أمِّي قد عادت مع الفطائر ولم تره في البيت، وكنت أقفلت باب السطح. ورحت أتابع رقصة البنيَّة في صحن الدار، وكنتُ واثقًا من أنَّها ترقص لأجلي، وتختار الأغاني متعمِّدةً ليرقص قلبي معها. كنت واثقًا من أنَّها تعرف أنَّني أتابعها من وراء الدالية.
- نعم. أنت عبقري، وتعرف كيف تختبئ وتجعلها تراك في الوقت نفسه.
- لا تسخر مني! يا سوري يا عبقري! تركت فتاتك وجئت تبكي بين أكياس الأسمنت.

- أنت لئيم يا داتو!

بدا داتو غير مهتمٍّ بوصف أحمد له باللؤم، فتابع كأنَّه يحدَّث نفسه:

- أجبرني والدي على العمل لتأمين النقود وشراء عريشة أخرى، وقال لي: «ستعتني بها حتى تكبر، وتشغل مكان الدالية التي قتلَتها نفسك الضعيفة». بعد ذلك بسنوات، علمت أنَّ أحدًا لم يأخذ ثمن العريشة، وأنَّ الملابس الشتوية التي اشتروها لي ذلك العام كانت من شغلي أنا... أراد أن يلقِّنني درسًا.

- لكنَّك لم تتعلَّم.

- بل تعلَّمت، فأنا أكره العرائش منذ ذلك اليوم. وكانت عقوبتي أن اشتغل في قطاف العنب. انتهت إجازة أبي ورحل إلى الشمال البعيد قائلًا: «أنا راجع بعد شهرين. سأراك رجلًا بعد شهرين!». كنت في قاطرة الجرَّار بانتظار أن ينحدر إلى السهل حيث نضجت الكروم. ولكنَّه قبل ذلك بيوم أعطاني المسدَّس وجعلني أطلق منه رصاصتين، أمام عينيها، على غراب... لم أُصبه طبعًا.

- الآن فهمت لماذا لا يحبُّك سان، ولا يأكل الخبز من يديك. لا يثق بك. وماذا جرى لفتاتك، هل يبست مع الدالية؟ هههه...

تظاهر أحمد بالضحك، لكن الكمد أصابه، فقد أخافه أن يتصورها في حالة يباس، وتراءت له ريما خائفة فانقبض قلبه.

- قيل لي إنَّها تحجَّبت ثم اختفت، لم يعد يراها أحد. ما أروع النبيذ الذي كان يصنعه أبوها، كان ألذَّ من نبيذ أبي. يا إلهي ما أحقر الصغار! فظيعون! مرَّة، كسرت زجاجة فقط من أجل أن أتذوَّق النبيذ. كنت أعلم أنَّ أمِّي لن تفتحها قبل مجيء أبي، فتظاهرتُ بأنَّها سقطت وانكسر عنقها، واكتشفت أمي السرَّ، لأنَّني كنت كسرت عنق الزجاجة على حجارة سور البيت. فقد كان على الزجاجة أن تخرج من الصندوق، ثم من البيت، ثم تقفز إلى الجدار لتنكسر من تلقاء نفسها!

- سأتذوّق النبيذ عندكم اليوم.
- لن تتذوّقه!
- لماذا؟! لم أعهدك بخيلًا. هل أغضبتُك إلى درجة أن تبخل بكأس نبيذ على صديقك.
- لا، ليس بخلًا. أخشى أنَّ أبي لا يحتفظ في البيت حتى بزجاجة واحدة. لقد فجَّروا الخمَّارة الوحيدة في بلدتنا. كانت رائعة. وقتلوا رجلًا عندما علموا أنَّه يبيع الخمور في بيته.
- يا للجنون! ما الذي بقي في بلدك يا داتو من الأشياء التي تحبُّها؟
- الطبيعة بقيت، فهم لا يستطيعون قتل الطبيعة. يقتلون بائع الخمور، ولكنَّهم لا يقتلون الجبال والأنهار والدوالي...
- وطبيعة البشر!! ماذا تعني الطبيعة من دون بشر؟
- وطبيعة البشر الحقيقية لم تتغيَّر. البشر يُخفون طبيعتهم. هم فقط يخافون اليوم إظهارها. موجة وتعبر. سكَّان الجبال، لم يكونوا يومًا متعصِّبين ومنغلقين.
- ولن يضطرَّ أي أب لقطع الدالية بعد اليوم؟
- لستُ متأكِّدًا يا سوري، فلا تستطيع للأسف أن ترى اليوم أية فتاة ترقص في دار أبيها. حتى الصغيرات تحجَّبن، وهن سيربِّين الجيل القادم، وقد يأتي أولادهنَّ أكثر انغلاقًا وتعصُّبًا من أزواجهنَّ.

أراد أحمد أن يقول لداتو:

- ولكنَّك منغلق، من دون أن تدري، فها أنت تريد قتل إنسانة لمجرد أنَّها تنفَّست غير هوائك. هي ليست ملكك، ليست قطعة أثاث، من حقِّها أن يُعجبها غيرك، وأن تحبَّه، وترحل معه. كيف كانت ستقول لك ذلك، وهي تعلم أنك ستقتلها وتقتله!؟

لكنَّه أحجم عن القول.

- أين شردت يا صديقي؟

- أنا معك، معك. اقطعوا الدوالي إذن، لا معنى لوجودها...
- لقد قطعوا كثيرًا منها، قطعوا عروق الخمر، وراحوا يزرعون الخشخاش، لكنَّ الدوالي باقية والخمرة باقية، وهم زائلون.
- وداليتك؟
- داليتي موجودة، وستقطف منها، وبإمكانك أن تقطف منها ورقًا، يكفي طبخة لريما إذا أحببت.
- أنت تحنُّ إلى ريتًا يا داتو، لا تكابر. ولعلَّها تشتاق إليك، ولم تذهب مع عازف الغيتار إلى أي مكان. هي فقط وصلها أنَّك ستقتلها، فاختبأت في مكان ما. وأنت أصلًا لا تعرف لماذا لم تعد في ذلك اليوم. وضعتَ فرضيَّة تلبِّي غيرتك ووساوسك وصدَّقتها.
- أصدِّق وساوسي ولا أصدِّق ريتًا. كنت أعلم أنَّها تكذب، وألمِّح لها في كل مرَّة بأنني أعلم، فتضطرب وتقلق لساعات، ثم تعود فتكذب من جديد.

لم يُضف أحمد قولًا. فهذه المرَّة لم يقل داتو إنه سيقتل ريتًا، وغامت عيناه، وجاءهما إعلان الاستعداد لهبوط الطائرة.

2

رأى أحمد حمامتين تحطَّان في دار العجوز أبي داتو، فأخرج ما تبقَّى في جيبه من بذور دوَّار الشمس ومدَّ يده بالبذور إليهما، فاقتربتا وراحتا تنقران ما في راحته بصمت. صمت داتو، وهبَّت نسمة من الجنوب ونسمة من الشمال، وظهرت في السماء غيمتان بيضاوان راحتا، عكس قوانين الفيزياء، تسبحان باتجاه بعضهما حتى تماهتا ماءً في ماء، على زرقةٍ، الأخضرُ لها فراش، وراح رجُلٌ يفرش الأزرق على قبَّة المزار وعيناه على نار، بين حريق ونور. وجاء العجوز. سبقه إلى ضيفه السوري، رجل بدا أنَّ داتو لم يرتح إليه:

- السلام عليكم!
- وعليكم السلام.
- شكلك غريب! من أين أنت؟
- ليس مهمًّا، يا عم... لا غريب إلا الشيطان!
- ولماذا تخفي أصلك؟

قال داتو للرجل السائل:

- دعه وشأنه! يا جار.

فهم الأخير أنَّ من الأفضل له الانصراف، ولكنَّه لم ينصرف قبل أن يوجع داتو.

- ههههه رجل ويأمر الناس! نعرف رجولتك!

قال أحمد، محوِّلًا الحديث باتجاه آخر، خشية من ردَّة فعل داتو.

- أنا سوري.

قال داتو كاظمًا غيظه:

- أستغفر الله، وتقول لي، يا سوري، لا تقتل!

- سوووري!! أنتم تدمِّرون بلدكم. لا أحترمكم.

انصرف الجار، ويبدو أنَّ والد داتو كان يشاطره الرأي بخصوص سوريا، فلم يعترض على كلامه، إنَّما اشتعل غضبًا عندما سمعه يغمز من طرف رجولة داتو، فقال مستعدًّا للقتال:

- سلْ نساءك عن رجولتنا، وسوف يربطن لسانك.

اندفع داتو إلى أبيه ليعانقه، ومسح أحمد يده بسرواله الجينز، كأنَّما من غبار الكلام، قبل أن يمدَّها لمصافحته، وأمسكت عروق جافة ونبض حيٌّ بيده:

- أهلًا بالسوري. لن نتحدَّث في السياسة، فالعسكر حمقى، والسياسيون سفلة، والشعب مغلوب على أمره، والنخب كالعادة خائنة.

وفي اللحظة، رنَّت نغمة التنبيه لوصول رسالة فايبر. رأى العجوز ضيفه السوري يلتفت إلى هاتفه، بينما يده لا تزال قابضة يد الضيف، فقال:

- اقرأها، اقرأها. فقد تكون من أهلك.

جاءته رسالة من ريما تقول: «قُتل اليوم ثلاثة من أولاد جيراننا. كنتَ تتحاشى النظر إلى ملابسهم وتفرك عينيك، ثم تقول كلامًا مضحكًا. كنت تسخر، وأنا الحقيرة كنت أضحك!». رأى العجوز الحزن في عيني أحمد، فسأله:

- هل حدث مكروه؟ هل أهلك بخير؟

- السوريون كلُّهم أهلي يا عمَّاه. لا أحد بخير. هل سنبقى واقفين؟

ما إن جلسوا حتى استأذن أحمد داتو وأبيه كتابة ردٍّ سريع على الرسالة، فكتب لريما: «أيعقل أن تظنِّي أنني أسخر من الفقراء!؟ كنت أسخر من عجزي. ويُبكيني فقرهم. أخشى أن يأتي يوم لا يعود أحدنا يفهم الآخر. كثيرًا ما يكون الضحك معادلًا للبكاء».

انصرف العجوز، راجيًا أن ينتظراه دقائق قليلة وكان ذهب لإحضار ضيافة، لسبب ما خمَّن أحمد أنَّها زجاجة نبيذ لا يعرف داتو بوجودها لدى أبيه، فقال:

- ريما جُنَّت يا داتو. تظنُّني أسخر من الفقراء!

- لعلَّك كنت تبكيهم فظنَّتك تسخر منهم.
- تمامًا يا صديقي، تمامًا يا داتو. الفقراء في بلدي يموتون، فكيف لي أن أسخر من موتهم!
- الفقراء ميِّتون قبل أن يُقتلوا يا سوري، وليس في بلدك وحده. ليمت العالم كلُّه! عالم سافل. كباره سفلة قبل صغاره، وفقراؤه قبل أغنيائه. في هكذا عالم، الحبُّ نفسه مسخرة وكذبة كبيرة. وتحدِّثني عن العشق والشوق والإخلاص! عالم قيمه معجونة بالمال المنهوب والبارود!
- معك حقٌّ... ربَّما!
- من دون هذه الـ «ربَّما». يا سوري، لا تكابر! كل شيء كاذب في الحرب إلا الرصاص. الرصاص وحده صادق.
- ستصبح فيلسوفًا مع الأيَّام. الصدمة تحوِّلك إلى فيلسوف يا داتو.
- وحدك الفيلسوف. ما شاء الله عاشق عظيم، ويؤمن بالفنِّ! أكذب الناس الفنَّانون.
- وعازفو الغيتار خاصة! ههههه.
- بل الهاربون من بلادهم ويدَّعون العشق. الرجال يحاربون وأنت غارق في شوقك وغيرتك.
- الجميع يجب أن يتحوَّلوا إلى وحوش. لا يحقُّ للإنسان أن يعشق في زمن الحرب. يا للمنطق المعادي للحياة! أتظنُّ الجنود في الجبهات يقاتلون لولا عشقهم؟ لا أحد يدافع عن وطن لا يحبُّ أحدًا فيه، يا داتو الواهم المكابر الجلف!
- واحد صفر.

أشار داتو إلى أبيه، قاطعًا الطريق على أحمد، مبتسمًا لفوزه بهذه الجولة، التي تتكرَّر مثيلاتها كلَّما طرق أحدهما باب الحرب أو الحبِّ. جاء العجوز بإبريق من فخَّار، خمَّن أحمد أنَّه مليء بالنبيذ، وطلب من داتو إحضار فناجين الشاي. بادرهما العجوز بالسلام مرة أخرى:

- السلام عليكم، ما الذي تفعلانه؟

- وعليكم السلام ورحمة الله. ننتظر عودتك يا عمَّاه.

- ليس أمرًا طيِّبًا أن تنتظر عودة عجوز. تهرب من بلدك لتنتظر عجوزًا؟

- هل قال داتو إنِّي هربت؟

- وهل ذلك بحاجة لقول؟!

- أنا لم أهرب يا عمَّاه، إنما...

- بل هربت. لن تخدعني فلا تخدع نفسك.

تدخَّل داتو، مستغربًا هجوم أبيه المفاجئ، ومسرورًا برؤيته قويًّا، قادرًا على الهجوم في الوقت نفسه:

- أهكذا تستقبل ضيفك يا أبي بالتوبيخ! ما عهدتك هكذا يا شيخ الرجال!

- اهتمَّ بنفسك، فأنت لست أكثر رجولة من صاحبك!

- أتمنَّى لو أُعجبك مرَّة قبل أن أموت يا أبي!

- حاولْ! حاولْ. ما زال أمامك بعض الوقت. المهمُّ أن تعرف كيف تعيش مع النار. اجلب الفناجين، وحضِّر شيئًا نفطره، هناك ما يؤكل في الثلَّاجة، وعندي خبز طري وزبدة بلدية طازجة، أرسلهما جيراننا هذا الصباح.

- حاضر يا أبي.

ولكنَّ داتو لم يغادر المكان. فعاد والده لمخاطبة أحمد:

- ألم تجد من يستحقُّ منك البقاء؟!

شعر أحمد بنفسه مهزومًا لا يدري ما يقول، فحاول:

- بل هناك كثيرون!

- ولا بدَّ من أنَّك تركت امرأة تحبُّها؟!

- للأسف!

- حقًّا للأسف. ولكن للأسف عليك وعلى بلدك. لا تزعل، فأنت تستحقُّ قسوتي وأكثر. داتو اهتمَّ بنفسك واتركنا. لا تقل إنَّك لا تجيد استخدام البندقيَّة!
- لا أريد يا عمَّاه...
- هذا ليس خيارك. لست مخيَّرًا حتى تريد أو لا تريد!
- ولكن، إلى صدر من أوجِّه البندقيَّة؟
- إلى صدر من؟؟؟ معك حقٌّ! ما أقذر الحروب الأهلية! لم نواجه مثل هذا السؤال في حربنا مع الفاشيِّين. ومع ذلك، كان يجب أن تبقى. لا تظنَّن أنني غير مسرور برؤيتك! ولكنَّك يجب أن تعود، وستعرف عدوَّك وعدوَّ أهلك هناك.
- الجميع أهلي، يا عمَّاه.
- والمرأة التي تحبُّ؟ كيف تتركها؟!
- لم أتركها، جئت لأمضي عشرة أيَّام فبقيت... بقيتُ مضطرًّا.
- عُدْ إذن، ولكن ليس قبل تناول الفطور. كيف يمكن لرجل أن يقول بقيتُ مضطرًّا. الرجل هو الذي يخلق الظروف يا ابن أخي. عُدْ، لا تتردَّد.

بدا العجوز كأنه عاد شابًّا نهض لتوِّه من تحت عربة الكاتيوشا بعد نوم غرق فيه طوال القصف التمهيدي. فإذا بالهدوء الباعث على الرهبة يوقظه، فيخرج من تحت عربته وينفض عن بزَّته الغبار. الآن، سيندفع الجند إلى الموت. يأخذ مكعَّبين من السكَّر، واحدًا لنفسه وواحدًا للسوري، فيقول أحمد مبتسمًا بتعجُّب:

- مهلك يا عمَّاه! أنا لا أشرب النبيذ مع السكَّر!
- لم أتوقَّف عن هذه العادة من أيَّام الحرب، ولكنني لم أعد أشرب الكحول، شرطة المرور تقول صفر كحول في الدم وشرطة الجنَّة أيضًا هههههه... أيُّها السوري الذي حدَّثني داتو عن أنَّه لا يجيد العشق ولا العبادة ولا...

قاطعه السوري مبتسمًا، معتذرًا:

- داتو!

كان صوت العجوز قويًّا، فسمعه داتو من مكانه في المطبخ.

- لم أقل ذلك يا أبي، لماذا توقِع بيني وبين صديقي؟ سامحك الله!

- اسكت، أي رجل أنت! لا تريد أن تفعل شيئًا من أجل استعادة امرأتك؟ عليك أن تستعيدها، وتقتل ذلك الوغد الذي خطفها منك. عندئذ ستحبُّك. وإيَّاك أن تمسَّها بسوء. المرأة، يكبر في عينيها رجل يقاتل من أجلها. المرأة، تحبُّ أن تُشعر الرجل بأنَّ هناك من ينافسه عليها وأنَّها مرغوبة من الآخرين، وأسوأ ما يفعله الرجل أن يعلن هزيمته قبل أن يخوض النزال. هذا الداتو الذي يعجبك، يا سوري، يظنُّ أنَّه فوق النزال. لا يوجد رجل فوق أن يقاتل. ليس رجلًا من ينسحب من القتال. هو يظنُّ أنَّها ستعود إليه بنفسها. وهي تنتظر أن يأتي وينتزعها من بين يدي رجل يُعجبها. تريده أن يأتي ويساعدها كي تنتصر على هواها وعلى ضعفها، بينما هو يحطِّم الحجارة ويصنع بطولات بالانتصار على غضبه وشوقه، ثمَّ يقول إنَّه سيقتلها. أحمق، يفكِّر بقتلها بدلًا من أن يقتل غريمه. أنتَ لا تعرف يا بنيَّ كيف هذا الداتو عشق ريتًا. كنت سأكسر عصا السنديان هذه على رأس أبيها حين تردَّد في تزويجهما. قل لي أيَّها العاشق هل ترضى أن يأخذ أيُّ رجل في العالم حبيبتك منك؟ حتى لو قتلته وقتلتها وقتلت نفسك. إذا قلت إنك تفعل مثل داتو وتنسحب من النزال فأسفي عليكما! يا لكما من رجلين بائسين!

- ولكن، من حقِّ المرأة أن تختار يا عمّاه، أنا لا أتحدَّث عن ريتًا التي ربما غدرت بداتو.

- لم تغدر به. هو أحمق. ثم، تختار منْ؟ تختار رجلًا مهزومًا وأمام ماذا؟ أمام غيتار! أمام بضع سنوات؟ على الرجل أن يثبت لامرأته أنَّه لا يزال شابًّا حتى في عمر التسعين، عليه أن يقاتل من أجلها!

جاء داتو معترضًا، وهرَّ قطٌّ أسود وهرَّ آخر، وارتاع العشب، ومن طريقهما فرَّ إلى اليمين وإلى اليسار، وصرخ العجوز وقذف بحجر دربًا يعلوه الغبار.

- أبي! أرجوك.

- اسكت، اسكت أنت! دعْ ضيفنا السوري يتحدَّث.

- ولماذا هي لا تقاتل من أجل رجلها؟

حاول السوري أن يخفف عن داتو، فزاد الطين بلَّة.

- عليه أن يُثبت لها أنَّه رجلها، وعندئذ ستكون مستعدَّة للموت من أجله. ما شاء الله على هذه الرجولة التي أثبتَّها لها!؟

- مهلك علينا يا عمَّاه! هل لي بقطف عنقود عنب من الدالية؟

- تفضَّل، تفضَّل. لا تزعل من صراحتي يا سوري.

صعد أحمد حجارة الدرج العتيق إلى السطح، وأخرج هاتفه النقَّال وكتب رسالة لريما: «مشتاق إليك يا ريما، لا تحسبي أنني بعيد عنك. أنا معك، أشعر بنبضك. ريح شوقي عاتية، لو أُفْلِتها تقتلع الدنيا، لا تخافيها. إيماني بك وبحبِّنا، لكِ، أديريه كيف تشائين، أو أغمضي عينيك لأضمَّك وأنزل ستارة عظيمة بيننا وبين الناس جميعًا. وأقول أنا وريما هنا، فلا تفتحوا الستارة حتى لو أمَرَ كبير الملائكة بذلك». أراد أن يضيف: «سوف أقتل كلَّ من يمسُّ حبّنا»، لكنَّه وجد نفسه لا يتقبَّل فكرة أن يقتل أحدًا حتى في أشدِّ اللحظات إيلامًا. كتب: «قريبًا سوف أعود»، لكنَّه خشي أن يزيدها ألم الانتظار والإحباط، فحذف العبارة الأخيرة، مكتفيًا بما كتب قبلها وأرسل الرسالة.

كانت ريما قد قالت في رسالتها الأخيرة: «لا أستطيع طرد صوت سيَّارات الإسعاف من أذني. ساعدني على التخلُّص من هذا الصوت الرهيب!». وتناهى إليه صوت صافرات الإسعاف ورصاص متقطِّع هنا وهناك. وراح العجوز يحدِّثه بصوت مرتفع من صحن الدار:

- لقد خضتُ الحرب من أوَّلها إلى آخر يوم فيها. أتظنُّني قاتلت من أجل التراب والأشجار؟ بل قاتلت من أجل امرأة أحببتها. أوووه!

كيف كان الطوب ينهار تحت قذائفي وينصهر الحديد! كنت أرى في كل منهم غريمي فأقتله عشر مرَّات قبل أن تصيبه ناري. وحين وضعوا الكاتيوشا بين يديَّ، رحت أريها ما الذي أفعله بكل رجل يفكِّر في مدِّ يده صوبها. كانت قربي، كنت أشعر بها تحت ذراعي، فرحت أحرث الأرض بالنار، وكانت تنظر إلي بإعجاب، ويزداد إعجابها حين ترى كيف أُحرق الدنيا من أجلها... لو كانت لا تزال حيَّة لحكت لك بنفسها عن شعورها بالفخر لأني قاتلت من أجلها. يا ليتها لم تمت قبل أن تأتي، لكانت حكت لك عن ذلك اليوم الذي بكت فيه كثيرًا، وظنَّت أنَّها تكرهني، بل كانت تريد أن تقتلني، ثم فهمت أنَّها تبكي لأنَّها تحبِّني وليس لأنَّها تكرهني... نعم، حطَّمتُ أضلاعَ ذلك الشاب الذي ظنَّت نفسَها تحبُّه. وبعدها، صارت الجارات تردِّد ما حكته لهنَّ بفخر عن ذلك اليوم، وكيف أنني رجل لا يتخلَّى عن امرأة يحبُّها، وتعيش المرأة معه بأمان.

قاطعه داتو:

- يعني حسب منطقك، يا أبي، كان على ذلك الشابِّ أن يقتلك!
- نعم، كان عليه أن يقتلني، ولو كان يملك الرجولة الكافية لقتلني، وكانت أمُّك أحبَّته حبًّا حقيقيًّا.

وفي هذه اللحظة، رنَّ هاتف أحمد، ففتح الخطَّ وبدا صوته مضطربًا:

- ألووو... ما هذه الأصوات يا ريما؟
- إنَّهم يطلقون النار قرب بيتنا بغزارة. لا أعرف ماذا حصل في بيت الجيران، زعيقهم أعلى من صوت الرصاص...
- انتبهي! انتبهي! ابتعدي عن النافذة.

نهض أحمد عن الطاولة محاولًا الابتعاد ليسمع صوت ريما، فيما العجوز يروي كيف راح، على جبهة القتال على تخوم برلين، يصرخ، من دون جدوى، محاولًا إيقاف رفاقه عن إطلاق النار على ذلك البيت الذي تناهى منه، في عمق

الليل الذي سبق الهجوم، صوت عزف على البيانو، وكان المقاتل الشابُ رأى في الصوت المتناهي إليه وقع أصابع رقيقة على المفاتيح. وراح الندى والظلام يلهبان مشاعره، فتذكَّر حبيبته التي يقاتل من أجلها الرجالَ، واندفع لحماية العازفة التي رسم لها في مخيِّلته صورة، وراح يصف لرفاقه كيف تكون. وحكى كيف أخرج كيسًا من مكعَّبات السكَّر من ذلك البيت نصف المدمَّر، ووجد بيانو محطَّمًا ولم يجد الفتاة.

- «لو لم أقاتل من أجلها لما أتيتَ حضرتك إلى الحياة!»، قال المقاتل الشيخ لابنه داتو هازئًا برجولته.
- ولو قتلك ما كنتُ أتيت، وربما كانت أمِّي تزوَّجته...
- أمُّك أيَّها الأجدب! كانت ستصير أمًّا لواحد آخر... لا، لم يكن لذلك أن يحصل. كنت أعلم أنني سأعيش وسأهزم كل من أنازله من أجلها.

راح قلق أحمد على ريما يتصاعد، فلم يعد يطيق سماع مزيد من حديث العجوز، ونده، عبر زجاج الهاتف الأصمِّ:

- ريما! لماذا لا تردِّين؟ يا إلهي!! أرجوكِ ردِّي.. ألوو.. لا تطلقوا النار يا أولاد الخنازير.

نهض داتو، ودنا من أحمد:

- ما بك؟ ما الذي حصل؟!
- يطلقون النار! والاتصال انقطع... انقطع الاتصال يا داتو.
- هاتِ هاتفك!

تفقَّد الهاتف، فأخرج هاتفه وناوله لأحمد:

- لقد نفد رصيدك...

نتيجة اضطرابه، نسي أحمد رقم ريما، حاول تذكُّر الأعداد المكوَّن منها، فلم يفلح، كانت المرَّة الأولى التي لا يستطيع تذكُّر رقمها فيها، فاستعان بذاكرة هاتفه، للاتصال من هاتف داتو. هزَّته فكرة أن يضيع هاتفه أو يسرقه أحد ما منه، ولا يستطيع تذكُّر رقم ريما، فينقطع اتصاله بها. لكنَّه أبعد هذه المخاوف

إلى حين، وراح ينتظر سماع رنَّة في الطرف الآخر. جاءه صوت امرأة يقول ليس هناك شبكة، عاود الكرَّة مرَّة أخرى. شعر داتو بأنَّ هاتفه يكاد يسقط من يد السوري، فأخذه وراح يعيد الاتصال وهو ينظر إلى أحمد قلقًا.

رأى العجوز القلَقَ في عيني ضيفه فابتسم مشجِّعًا، ونظر أحمد نحوه، محاولًا رسم ابتسامة، بدت غبية أو مثيرة للشفقة.

- ألووو، ألووو، ألووو...
- الحمد لله أنَّها فتحت الخطَّ! ظننتك ستُجنُّ.

حاول داتو الابتعاد عن صديقه كي يتحدَّث بحرِّية مع ريما.

- ألووو، ألوووووو... داتو! لقد فتح الخطَّ أحدٌ ما، ولكنَّه لا يردُّ... صوت الرصاص! داتووو ما معنى ذلك؟ ألووو...

بقي يصيح «ألووو» حتى نفد رصيد داتو، وكان يأتيه من الطرف الآخر صيحات وأصوات رجال وخليط صاخب مثير للجنون.

صاح العجوز:

- وتتركها وتسافر! يا لك من أحمق!
- سنعود بعد قليل، هيَّا بنا.
- «إلى أين؟!»، سأل العجوز ابنه، ولم يفهم سببًا لهذا القرار المفاجئ.
- إلى البلدة. لتعبئة رصيد الهاتف.

أقفلا بابي السيَّارة العتيقة، وشخر المحرِّك منزعجًا من قطع غفوته الهادئة مع هواء الجبال، وضاع سؤال العجوز مع شخير المحرِّك:

- لماذا لا تُضيف إلى رصيدك عبر الإنترنت مباشرة. هل أصابكما خبل؟

ثم صاح العجوز:

- وتريد لريتَّا أن تبقى معك!

حسنٌ أنَّ داتو لم يسمعه. أمَّا أحمد فصاح من النافذة، من دون أن يفقه معنى كلماته، فقد جاءت خارج السياق:

- إن شاء الله... إن شاء الله..

لوَّح أحمد للعجوز متظاهرًا بأنَّ شيئًا لا يقلقه، وكادت يده تسقط من شدَّة ما خبط أبوابها النبض الباحث عن ريما! ضحك داتو ولم تكد السيَّارة تبتعد أمتارًا قليلة حتى ضغط على الفرامل، ليسأله:

- على ماذا إن شاء الله يا شيخنا السوري؟!

- لا أدري... على كل شيء.

قال العجوز ساخرًا في إثرهما:

- الطائرات تحلِّق واطئة هنا، تعلَّق بواحدة منها، وارحل قبل فوات الأوان، يا سوري، وخذ معك هذا الداتو قبل أن يفقد عقله. وإذا أردت هذه الفرس، خذها.

لم يكن أحمد قد لاحظ وجود الفرس في الحاكورة.

كان داتو اشترى سيَّارة تصلح لصدم كل سيَّارة تنظر إليها بقلَّة اعتبار، وتركها في الضيعة لاستخدامها في سفراته المتباعدة إلى هنا. في الطريق، رنَّ هاتف السوري الجوَّال، كان الاتصال مباشرًا، وليس عبر الفايبر أو الواتس، وما إن سمعه داتو يقول «الحمد لله» حتى انعطف بسيَّارته نحو مدخل بيت فسيح في السفح، واستدار بها ليرجعا إلى العجوز. وها هو العجوز يستقبلهما بالقول:

- حسنٌ أنَّكما عدتما على قيد الحياة! أحمق من يموت في أيَّام السِلم.

- أين السِلم؟ صاح داتو، كأنما يندفع إلى المصيدة بإرادته.

- ههههه، صحيح، أنت في حرب. أتعرف يا سوري أنَّ ثلاثة بالمئة فقط عادوا أحياء والباقين... الباقين مثلي، فأنت تراني، لم يكونوا أقل جرأة من الذين ماتوا. إنَّه القدر. نعم القدر، فعلى أحد ما أن يموت، من أجل أن يعيش الآخرون.

غامت عينا أحمد، وتمنَّى لو يسمع صوت ريما تقول:

- حبيبي، كن بين الثلاثة بالمئة، وتعال لنعش معًا. هل تسمعني يا حبيبي؟

فيجيبها بصمت، ضاغطًا يديه على عينيه:

- كيف لا أسمعك؟! سوف أقاتل من أجلك يا ريما، وأهزمهم. فقط أعدِّي من أجل انتصارنا التبُّولة وكأس العرق. سوف أجلب من عند المقاتلين عناقيد السمَّاق. إنَّهم يبلِّلون حناجرهم بحامضها قبل أن يأتيهم عطش الجراح.

ضحك العجوز وتوجَّه نحو داتو بالحديث:

- صديقك السوري يا داتو من صنفك، لا يسمعني.

بدا كأنَّما أحمد لم يسمع ما قاله والد داتو بالفعل. فقد رحل إلى مدينته حيث الشمس تنسحب عن واجهة البيت الذي ولد فيه، وريما على ذلك الرصيف الذي اقتلعوا كثيرًا من حجارته لتحطيم زجاج السيَّارات والرؤوس. يومها كانا معًا، حين ابتسم لفتى يحمل بندقيَّة، فمدَّها صوبه، وقال، بصوت خفيض كي لا تسمعه ريما: «أمسكها عنِّي دقيقة لأبول». لم يكن يحقُّ له مغادرة مخفره في زاوية سور بنايةٍ، البشر فيها يبحثون مع غروب الشمس عن أقارب لهم بين الأشلاء المعروضة على الشاشات. سألته ريما، حين انصرف الفتى تاركًا البندقيَّة بين يديه:

- هل تعرفه؟

فأجابها:

- لا. ولا أظنُّه يعرفني، لكنَّها بندقيَّة جميلة.

عاد الفتى منفرج الأسارير، وعرض بندقيَّة مثلها للبيع بسعر بخس، فشكره أحمد ووعده بالتفكير، وذهب مع ريما إلى مقهى قريب مطفأ الأنوار، يجلس فيه بضعة شبَّان يتابعون من وراء الزجاج عبور شاحنات صغيرة محمَّلة بمسلَّحين، تخرج من أقبية قصور الحيِّ المزيَّنة بصور جنرال عبوس، لقتل من يخرج إلى الشوارع في الأحياء الفقيرة المعتمة الملصقة على جدرانها صور من يسقطون. كانت الشوارع في حيِّهم خالية من المارَّة، خلا من يلتحفون جدران البنايات نحو مداخل بيوتهم بين زخَّة رصاص وأخرى، تُطلق من أجل الساهين أو لطرد النعاس.

طلب النادل لهما، من دون أن يسألهما عن حاجتهما، بيتزا بالتونا مع فلفل حادٍّ، يأتي بها درَّاج يخدم حَمَلة البنادق والسيوف والمسدَّسات. وتابعا مع الشباب الصامتين عبور سيَّارات محمَّلة بجنود مدجَّجين بالسلاح وبأسئلة رمادية على الوجوه قادمة من الجنوب، حيث يلعبون لعبةَ الموت على الرمل، منذ لجأت قوارب الصيَّادين الصغيرة إلى الميناء، اتِّقاء عاصفة تهبُّ على البرِّ. ويأتي الموج ويمسح عدد القتلى فيعيدون تدوينها من جديد. ويقول أحمد لريما: «تعالي يا ريما نستيقظ هنا مع البنِّ».

ومع بنِّ صباحٍ ابتردَ، على صمتٍ حزين مديد، تناهى إليهما سلام ثلاثين شابًّا استغاثوا بهما مساء أمس، سقطوا اليوم. ومن على شرفات البيوت المزيَّنة بصور جنرال في عينيه وعيد، تعالت الزغاريد وخرجت الصبايا لملاقاة الجنود القادمين من الحيِّ الفقير بالورود. وتعالى من المساجد تكبير.

في الليل، خيَّم على الملاعب أنين النساء باحثًا عن الأبناء وزعيق الأطفال. فقال أحمد لريما:

- ما أضيق الملاعب التي تتَّسع لآلاف المتفرِّجين. ما أضيقها يا ريما، وأنت تعلمين كم أتعبنا اللعب فيها ذات يوم، ذلك التعب الجميل الرحيم، الذي يفتقده اللاعبون اليوم تحت سماءٍ غيمُها أسود. دخان!

بدا أحمد كأنَّما يتابع قراءة أسماء القتلى على الجدران وإحصاء عدد النائمين، ويسأل نفسه: «ما الذي تخفون تحت هذا المشمَّع العتيق. لمن هذه اليد الممدودة وذلك الحذاء الصغير؟».

في الليل، وكان أوصل ريما إلى باب بيتها، وعاد إلى بيته المطلِّ على طريق سيَّارات الموت، اتَّصل بريما، ورجاها:

- أغلقي النوافذ جيِّدًا. سوف يعربد الظلام في هذا الليل المديد.

فطمأنته:

- لا تقلق، أنا أشرب القهوة مع جاراتنا، إنهنَّ أرامل صغيرات. قُتل معظم الشباب. أولاد حارتنا كلُّهم ماتوا.

ذكَّرته ريما ببائع البنّ. قُتل بائع البنِّ الفقير. كم مرَّة اشترى منه لأنَّه فقير ونحيل، ونظرته أطيب من أي بنٍّ. رأى موته على الجوَّال وهو يتمسَّك بمحفظة نقوده الصغيرة المربوطة على خاصرته. أُصيب بثلاث رصاصات في بطنه بالقرب من حافظة ليراته القليلة. يا الله، لماذا تركته يموت؟!

سأل داتو صديقَه، وقد توقَّف العجوز عن الحديث ونهض عن كرسيه:

- إلى أين رحلتَ؟ أين سرحت؟

بحركة مضحكة مبكية، رفع أحمد الفنجان، دامع العينين، وقال:

- بصحَّتك يا عمَّاه!

لم يكن قد انتبه لمغادرة العجوز كرسيه.

3

دلق أحمد في جوفه ما في الفنجان من نبيذ، وحطَّ غراب قريبٌ لسان على سور بيت جيران أهل داتو المحروق، وتبادل مع السوري النظرات، وصمتا. كانت عينا الغراب باهتتين، وراح السوري يتابع خطواته البطيئة الثقيلة، ويتساءل عمَّا ألمَّ بصديقه سان الذي لن يجد من يهتمُّ بريشه المنكوش في المبنى المهجور. لا مشط يسرِّح به ريشه. الريش، لا يشيب. وخُيِّل لأحمد أنَّ قريب سان يهتمُّ لفكرته الأخيرة وينوي قول شيء ما، لكنَّ الوهن البادي عليه يُقعده عن القول.

وفي الصباح التالي، رآه السوري أحسن حالًا، لكنَّه ليس على ما يرام. وإذا بريشة تطير أمام عينيه، ريشة من ظهر قريب سان، ويساور أحمد قلق من أن يسقط، هناك في موسكو، ريش جناح سان، فيحدِّق إلى قريبه بصورة لا تعجبه، تحديقًا يجعله يمشي مبتعدًا عنه.

استيقظ أحمد باكرًا في الصباح، ورآه العجوز يقف أمام صور أولاده الثلاثة، شامل وزولفيا وسلمان، ويقرأ الفاتحة على أرواحهم، ولم يكن قد انتبه له، حتَّى دعاه إلى الجلوس معه في صحن الدار، ريثما يصحو داتو. حدَّثه العجوز عن سلمان الذي عرف كيف يقتصُّ لأخيه وأخته من السلفيِّين القتلة، قبل أن يقع في الأسر ويعدموه.

- بسم الله أعدموا ابني أمام عينيَّ، وقرأوا القرآن، وكبَّروا، منذ ذلك اليوم توقَّفت عن قراءة القرآن. كنت أقرأ من آياته كل يوم. ما عدت أستطيع. لم يبقَ لي إلا داتو. السافلة هجرته، ولكنني لا أريد أن يقتلها، خشية أن يقتل نفسه. كُنْ معه يا بني. قُلْ له إنَّها تنتظر أن

يستعيدها. اشغله بفكرة استعادتها، فأنا أخشى أن يذهب للقتل ويُقتل. من بقي هنا من الرجال يسخر منه، والبقيَّة هجروا الديار بحثًا عن لقمة عيش وأمان. لكن، لا أمان، فالجميع هنا يستعدُّون لجولة جديدة من الموت. لم يعد الشباب يريدون عملًا، يتلقُّون المال من أجل أن لا يعملوا، من أجل أن يقتلوا. طبعًا يريدون تطبيق شريعتهم، يتزوَّج العاطل منهم أجمل فتياتنا بالقوَّة، واحدة واثنتين وثلاثًا وأربعًا، وما ملكت يمينه ههههه، ويصيحون الله أكبر، ويسخرون من داتو لأنَّه لا يقتل زوجته ويخطف واحدة بدلًا منها. رأيتَ بأمِّ عينيك، أنا الذي قاتلتُ الفاشيِّين لا أجرؤ على تقديم النبيذ لضيف عزيز. لم أعد أريد أن أكون مسلمًا.

- وأنا لا أريد أن أؤمن بإله يقتلوننا باسمه، ولا بوطن...
- لا تكمل! فالوطن يستحقُّ أن نموت من أجله.
- ولكنني لا أستطيع القبول بمن يقتلني باسم الوطن، كما أرفض من يقتلني باسم الله. اللصوص والسفلة يتسلَّحون بوطنية كاذبة، ويقتلون كل من لا يصفِّق لكذبهم ونهبهم...
- يكفي يا بُنيَّ، يكفي! في عموم الأحوال، هم أفضل من عملاء الأمريكان...
- وهم عملاء من؟ ليسوا أفضل من أحد. إنَّهم ضدٌّ كل شيء جميل.
- وضدٌّ عشقك!
- نعم. بل ضدٌّ أي شيء أصيل.
- قاومهم إذن.
- وهل تراني أفعل غير ذلك، يا عمَّاه.
- نعم، أنت تجلس هنا، وتبكي على حبيبتك، وتظنُّ نفسك في حرب معهم. أنت مهزوم يا ابن أخي. مهزوم، لأنَّك انسحبت من النزال.
- سأعود.

- خيرًا تفعل. لا تُطل البقاء هنا، لا معنى لوجودك في هذه البلاد. عُدْ يا ابن أخي، عُدْ.

جاء داتو يتمطّى، وألقى تحيَّة الصباح. قال لأبيه إنَّه سيصطحب صديقه بعد تناول الفطور في رحلة إلى الجبال، فغدًا مساء سوف يعودان إلى موسكو. وكان العجوز يتمنَّى لو يدعوه داتو لمرافقتهما، لكنَّه فهم أنَّ لداتو رغبة أخرى، فبارك نزهتهما، راجيًا عدم الاقتراب من المناطق الخطيرة، حيث يختبئ المتشدِّدون المسلَّحون، هواة القتل.

- خُذ البندقيَّة! ولكن لا تقتل كلَّ عازف غيتار تراه في الطريق. وأنت اترك هاتفك هنا لكي تستمتع برحلتك. لن تستطيع من هنا تغيير شيء.
- سآخذه احتياطًا، خشية أن يتعطَّل هاتف داتو، لسبب ما، فلا نستطيع الاتصال بك يا عمَّاه، إذا احتجنا إلى ذلك.
- مراوغ هههههه.. ومتى كان الرجال يأخذون هواتف إلى الجبال.

جاء صبي من أولاد الجيران، حاملًا صرَّة فيها فطائر لضيفَي العجوز، وسلامًا من أبيه.

وبعد تناول الفطور، سلَّم أحمد هاتفه للعجوز، وشعر بأنَّه يقوم بعمل بطولي. كانت المرَّة الأولى منذ إقلاع طائرته من دمشق التي يبتعد فيها عن الهاتف. لم يحصل ذلك حتى لدقائق أثناء دخوله الحمَّام.

- أحسنت يا ابن أخي! أبارك عزيمتك، أنت لا تزال رجلًا. بالتوفيق. احذر من أولاد الحرام يا داتو! بالسلامة.

شعر داتو بغصَّة من غمزٍ في كلام أبيه من رجولته، لكنَّه تمالك نفسه، وقال:

- طيِّب يا أبي، طيِّب. لا تقلق. سنعود قبل مغيب الشمس.

4

لم يكد داتو يوقف سيَّارته العجوز أمام حانوت صغير في آخر الضيعة ليشتري علبة تبغ، حتى سمع ثلاثة فتيان يتساءلون عنه، فيجيب أحدهم:

- هذا داتو ابن الحاج عارف.

فيضحك الآخران ويقولان بصوت واحد:

- آآآ! هذا الذي هجرته زوجته مع مسخ روسي ولم يفعل شيئًا.

يعبر الثلاثة قربه وينظرون إليه ضاحكين من دون أن يلقوا السلام. فينظر أحمد صوب صديقه القوقازي بحزن وتعاطف، عاجزًا عن قول شيء. وينظر إليه داتو وقد احمرَّت عيناه، غضبًا وعجزًا. وبصمت ثقيل، يدير محرِّك السيَّارة، وينعطف بها عائدًا إلى دار أبيه:

- سنذهب إلى مدينة ديربنت.

- متى؟

- الآن. لا يمكن أن أبقى هنا لحظة أخرى. أنت تعرف ماذا يعني ذلك؟!

- أعرف. والعجوز؟

- سأرجوه أن يأخذ طفلَي زولفيا ليعيشا معه، إذا وافق أبوهما، أو يذهب للعيش هناك.

- مفهوم.

- لا تقل للعجوز شيئًا ممَّا سمعت.

- أدري.

- سأقول له أن يبيع السيَّارة ولو بقروش أو يحرقها. والبيت، حين يكبر ولدا زولفيا، يرثانه.

- مفهوم. أنا آسف.
- لا تأسف على شيء. لا شيء يستحقُّ الأسف في هذه الحياة.
- ربما من الأفضل أن لا تقول لأبيك شيئًا. فقط، قل له إنَّهم طلبوك بصورة مستعجلة للعمل.
- لا يفيد، ولا يغيِّر في الأمر شيئًا، فهو يعلم أنَّ الطائرة غدًا مساء، وبإمكاننا المبيت في البيت، والبقاء فيه حتى ظهر الغد، لا أريد... لو كنت متأكدًا من أن هذه السيَّارة يمكن أن توصلنا إلى موسكو لانطلقنا الآن.
- فكرة!
- ها هو العجوز...
- إنَّه اليوم الأخير الذي نراه فيه. دعنا نمضي هذا الليل مع أبيك وغدًا من هنا إلى المطار. لا ترفض أرجوك.

صمت داتو، وضغط أحمد على يده ممتنًّا، وترجَّلا من دون أن يتدبَّرا حجَّة لعودتهما السريعة، لكنَّ السوري سرعان ما قال:

- خذلتنا السيَّارة يا عمَّاه، يبدو أنَّها لا تريد صعود الجبال. لعلَّها استجابت لرغبتي، فأنا أريد قضاء مزيد من الوقت معكم في البيت.
- وداتو!؟
- داتو، كان منذ البداية...
- لا تُجب عنه يا ابن أخي.

قرأ العجوز وجه داتو وأدرك بفطنته ما حصل، فاستجاب لابتسامة أحمد، وقال:

- من حظِّي أنَّكما عدتما. لكما منِّي مزيدًا من النبيذ. تعال يا ابن أخي تعال! أريدك في أمر، وأنت يا ولدي يا داتو، ما رأيك في أن تشعل النار، أظنُّ أنَّ نصف خروف يكفينا نحن الثلاثة، لقد طلبته بانتظار

عودتكما. سوف نشرب النبيذ من القرون كما كنّا نشربه قبل هجمة السلفيِّين، هنا في صحن الدار. لم يبقَ لدي ما أخاف عليه وأخشاه.

قال العجوز ذلك، وهو يشدُّ أحمد من يده ويسحبه ببطء نحو غرفة المؤونة، ومن جيبٍ هناك، أخرج سجَّادة صلاة، وهمس في أُذن السوري:

- لقد اشتغلَتها ريتًا بيديها هنا على النول، من أجلي، أهدتني إياها، خذها، وقدِّمها لداتو في اللحظة المناسبة، فقد يلين قلبه. أشعر بأنَّ أمرًا فظيعًا ينتظرنا يا ابن أخي. افعل شيئًا. اتَّفقنا؟

- اتَّفقنا يا عمَّاه.

- لو كنت تجيد العمل على النول لأهديتك إيَّاه، داتو كان يتقنه، لكنَّه هجره.

قال العجوز عبارته الأخيرة بصوت مرتفع ليسمعها داتو، ويظنَّ أن العجوز إنما يُري ضيفه النول الموضوع في الغرفة الكبيرة نصف المعتمة التي تشغل بعض رفوفها مؤونة قد لا يأكلها أحد. وكان أحمد قد لفَّ السجَّادة ووضعها جانبًا إلى حين تُتاح له فرصة العودة إليها وحشرها في حقيبته. وأجَّت النار.

وعلى غير انتظار، شرب داتو ورقص، ورقص معه والده العجوز حول النار، في صحن الدار، وجلس السوري يتابع مبهورًا رقصتهما القوقازية الرجولية، على موسيقى من آلة تسجيل عتيقة بثَّت إعلان الحياة الأخير بأقوى ما تستطيع. وراح أحمد يصيح مهلِّلًا لخبط أقدام الرجلين بالأرض، كأنَّما ليعلم الجميع بأنَّ الحياة تسير كما تشاء، لا كما يريدها أولئك الذين يحرقون البيوت والقلوب.

رائعًا، مضى ليل ذلك اليوم، ونام الجميع بعمق. لم يهجس أي منهم بمن قد يحرق الدار وينتقم لإله مزعوم، ورقدت سجَّادة ريتًا في حقيبة أحمد بانتظار الطيران. ابتسم أحمد حين لاح بخاطره سؤال: «أَعَلى النول ينسجون بساط الريح؟». لم يكتب شيئًا لريما سوى: «أنا بخير، غدًا أكتب لكِ من موسكو، تصبحين على خير... أتذكرين قول 'اليوم خمر، وغدًا أمر'؟ أحبُّك جدًّا، وأشتاق إليك. أعي ما أقول».

5

في الطائرة إلى موسكو أخذت الغفوة أحمد من جديد، كأنّ جسده يستعدُّ لأرق مديد، وخرج من المطار نصف نائم، إلى أن أيقظته رؤية سان أمام المبنى المهجور، فبادره:

- مرحبًا يا صديقي سان، ما هذا الذي أراك منهمكًا به؟ ماذا تأكل؟

تظاهر سان بعدم الرغبة في ردِّ التحيَّة، بل أشاح بنظره عن صديقه السوري إلى حيث تتبختر في مشيتها حمامات بيضاء، على مقربة من سيِّدة عجوز تُلقي إليها بفتات الخبز، محاولة طرد عصافير الدوري التي راحت تسابقها إلى اللقيمات. لم يفهم أحمد ما الذي رمى إليه سان، ولم يكن قد رأى هذه العجوز من قبل، إلا مرَّة على شرفة عمارتهم الأشبه بقصر معتم تسكنه الأسرار. كثيرًا ما كان يرى حفيدتها الشقراء تعتني بعشٍّ صغير منصوب على عمود من خشب بتولا رهيف من أجل العصافير. وها هو يرى سربًا من عصافير الدوري يحطُّ بين حمامتين وسان.

- حسنٌ أنَّك مشغول يا صديقي، قد تبقى وحيدًا عمَّا قريب. تعوَّد على العيش من دوني يا سان.

صعد أحمد درجات المدخل الأربع، وكان داتو ترك باب العمارة مفتوحًا ودخل إلى غرفته. اعتلى أحمد ثماني عشرة درجة أخرى إلى حيث غرفته، وهناك ألقى بالحقيبة الصغيرة، وأخذ منشفة واتَّجه صوب الحمَّام. لم يكن يتخيَّل أن يعتاد على رائحة الكبريت في الماء، لكنَّه ضبط نفسه مشتاقًا إليه، ينهمر على رأسه وينسال على جسده.

وقف أحمد تحت الماء، طويلًا، يبحث عن طريقة لثني داتو عن قتل ريتًا. بات واثقًا بعد الواقعة التي شهدها هناك أنَّ داتو اتَّخذ قراره النهائي. لم تعد الحجج العقلية أو العاطفية تفيد.

كان أحمد يعلم أنَّ الذي يقتل ريتًا هو المجتمع بيدي داتو، وكثيرًا ما شعر بشوق داتو إلى ريتًا واستعداده لو رآها لنسيان الآلام التي سبَّبها له اختفاؤها المفاجئ، أو رحيلها مع عازف الغيتار كما يقول. لكنَّ هذه المعرفة لم تعد تفيد في شيء. لم يعد لدى داتو ما يفقده. لم يعد ممكنًا أن تخيف شخصًا مثله بشيء. لم يبقَ إلا العجوز الذي تركه في جذوته يتحدَّى الجميع، فيشرب ويرقص أمام أعين السلفيين الذين لن يرحموا شيخوخته.

لم يبدُ داتو قلقًا على مصير والده، فهو مقاتل عتيق ويعرف كيف يواجه الموت برأس مرفوع. والأخطر أنَّ شخصًا يُطعن في كرامته لا يمكن أن تغريه بشيء قبل أن يستعيد كرامته - فكَّر أحمد تحت الماء - ما أكثر الضلالات في مفهوم الكرامة، وما أقلَّ الشخصي الحقيقي، مقابل المجتمعي الكاذب. ثم، عن أي كرامة يمكن الحديث في علاقات الحبِّ! هل في التنازل أمام من تحبُّ وتجاوز كثير من الأشياء فقدانٌ للكرامة؟

وقف أحمد تحت الماء ينقِّي أفكاره كما يُغربل الذهب ويُغسل، لكنَّه لم يعثر على ذهب، فبقيت المواقف التي كانت توجعه فيها ريما توجعه، وبقيت جراح المرَّات التي تيقَّن فيها من أنَّها كانت تُخفي عنه شيئًا يخصُّ تواصلها مع أحد ما وتكذب، بقيت كما كانت قبل هذا الاغتسال المديد، فماذا عساه يقول لداتو الذاهب إلى الموت؟

شيء واحد خلص إليه أحمد، هو حقُّ ريتًا بقول كلمتها، وأنَّه يجب أن يراها ويتحدَّث إليها قبل أن يدركها داتو، ويحميها من رصاصاته حتى لو كانت قد خانته. وعلى هذا القرار، أوقف أحمد تدفُّق الماء. وبدأ يجفِّف جسده، وقد شعر بارتياح لمعرفته ما ينبغي عليه فعله، فغدًا سوف يسافر إلى بطرسبورغ لتقفِّي أثر ريتًا، من دون أن يخبر داتو.

ما إن خرج أحمد من وراء الستارة التي تلعب دور باب الحمَّام، واتَّجه صوب غرفته حتى رأى دخانًا يتصاعد من وراء العمارة، وشمَّ رائحة نسيس. كأنَّ أحدًا ما يحرق ملابسه! كان داتو أشعل نارًا وراح يحرق فيها سجادة صلاة أبيه. كان قد رأى العجوز يخرجها ويقدمها للسوري، وتظاهر بعدم رؤية شيء. لم يكن قد قرَّر حرقها. لكنه هنا لم يتردد في إخراجها من حقيبة أحمد وإشعال النار فيها. صمت أحمد، لم ير ثمة معنى لأن يقول شيئًا، وصمت داتو.

في غرفته، أخرج أحمد هاتفه فرأى مكالمات «مفوَّتة» من ريما. شعر بالقلق، وحاول الاتصال عبر الفايبر والواتس أولًا، لكن ريما خارج الشبكة، فاتصل مباشرة، وجاءه صوتها:

- ألووو، تسقط القذائف على حارتنا، ألا تسمع؟ سأنزل إلى القبو. سأتصل بك حين يتوقَّف القصف.

سمع أحمد صوت انفجار، وانقطع الاتصال. عاود الاتصال بريما فرنَّ الهاتف، ولكن أحدًا لم يُجِب. وكم فاجأ نفسه حين لم يستنجد كعادته بداتو، إنما راح يضغط أرقام الهاتف الأرضي في بيت ريما، وتجمَّدت مقلتاه في محجريهما مع رنين الهاتف من دون جواب.

وإذا بداتو في الباب:

- اليوم سنحرق الأشياء الفائضة عن الحاجة، أنا شخصيًا لم تعد بي حاجة إلى شيء. هات ما لديك. النار عظيمة، تلتهم كل شيء. وسنشرب كل ما لدينا، إنه يوم الأيام يا صديقي السوري، أريد أن أعيشه إلى آخر قطرة.
- ليس لدي ما أحرقه. كل ما لدي كنزة وقميص أهداني إياهما صديقي الضابط البحري. لا كتب هنا، ولا شيء من الذكريات سوى في رأسي وقلبي، أحرِقهما وأرحني.
- قلبك العتيق!
- نعم عتيق، انتزعه وأحرِقه.

- أحمق أنت، حتى في اللحظات الأخيرة يا سوري.

جاء داتو بزجاجتي فودكا وبكل ما في ثلَّاجته من طعام، ووضع صندوقًا خشبيًّا رتَّب الأشياء عليه بين ماء البركة والنار، وقال لأحمد ساخرًا، حين رآه يتابع طائرة في السماء القريبة:

- أما زلت تحصي أعداد الطائرات. لن ترحل إلى أي مكان ولن يأتي إليك أحد. ماضيك كله مات، تقبَّل هذه الحقيقة المُرَّة، لا تكابر يا سوري. إذا أردت أن تفعل شيئًا افعله اليوم أو غدًا على أبعد تقدير... أنت لا تفهم ما أقول ولكنك تشعر به؟
- بل أفهم. لا تقتل آخر أوهامي يا داتو. قبيحة الحياة من دون أوهام.
- أحسنت. ها أنت تقول «أوهام» وليس «أحلام»... لا يُخشى عليك. بصحَّتك! أو لأقل ما قيمة الصحَّة بعد اليوم! كأسك.
- كأسك. داتو.
- نعم؟
- لا شيء. لا شيء.

ملأ داتو كأسًا لسان. وإذا بالغراب يأخذ قطعة جبن عن الطاولة ويقلب في طريقه الكأس التي ملأها من أجله داتو، ويجلس على كتف النافذة. يرتبك داتو وتيبس في يده الكأس، وينظر نحو أحمد، فيجترع السوري كأسه ويملأ الأخرى، ويصيح:

- أحمق أنت يا سان، داتو يحبُّك ويخاف عليك. فهذا الرجل الجبَّار الذي تراه إنما هو من زجاج، تدمِّره كلمة.
- بل، قل من خراء. نعم يا سان... من خراء، حتى اليوم، ولكن ليس غدًا. اشرب يا سوري. دعنا نعِش بقية اليوم. وأنت أنت، يا سوري، ألا تدمِّرك كلمة؟
- أجل يا داتو. لماذا يجب أن نحرق كل شيء... هل تشعر بأننا سنموت غدًا؟!

- أنت، لا.. لن تموت غدًا، ربما اليوم في الليل هههههه.
- ستقتلني لأنني أقول الحقيقة التي تهرب منها... أترى فوائد الفودكا!!
- لن أقتلك، لكنك جبان لا تجرؤ على حرق المراكب. ستحرقك النار التي تخفيها في قلبك وتقتلك، ولست أنا من سيقتلك.

رنَّت نغمة التنبيه لوصول رسالة فايبر في هاتف أحمد، وجاءت رسالة من ريما تقول: «أنا بخير، لا تقلق. القذائف لم تُصب بيتنا»، فأجابها: «بصحة بيتكم!»، وأضاف: «أنا سكران الآن، وصديقي داتو مجنون! حتى الساعة نحن بخير، لا تقلقي».

- وأنا، مثل ريماك، لن أقلق بعد اليوم. ولن أنتظر شيئًا أو أبحث عن شيء أو أخاف من شيء أو على شيء... إنه النعيم بعينه.
- الموت؟
- أجل، الموت. سأشرب نخب الموت. هلَّا شربت معي؟
- اشرب! أما أنا فسأشرب نخب الحياة.

اجترع كل منهما كأسًا مليئة دفعة واحدة، ونظر أحمد إلى السماء وداتو إلى التراب الرطب على مقربة من النار.

- حدِّثني عن الحياة، يا صديقي السوري. حدِّثني عنها، لم أعد أعرفها. ودعني أتمدَّد وأغفو قرب النار. معك أشعر بالأمان حتى في طريقي إلى الموت. لا تحسب أني أكره الحياة. الحياة رائعة، رائعة أعرف ذلك. قل أي شيء، حدِّثني عنها. أريد أن أنام قليلًا على وقع صوتك يا صديقي السوري.
- مرَّة، يا داتو، قلت لشرطي المرور: «صباح الخير!»، وابتسمتُ، وضحكَ، وكانت الإشارة حمراء، ففوجئ بريما تفتح باب السيَّارة على الإشارة وتجلس قربي، فقال: «المرة السابقة كانت محجَّبة وكان لون عينيها أسود». وحين رآها مرتبكة أضاف: «وأمس الأوَّل كانت معه واحدة»... «خضراء»، أسعفته وضحكت. انطلقت بريما، يدها

ممسكة يدي اليمنى، وباليسرى كنت أدير المقود نحو اليسار، وانهار وراءنا الجسر الصغير الذي أوقفتنا، ذات يوم، رعاشتان تتزاوجان عليه. جرفه السيل. وكانتْ أشمست يوم خروجنا، عقب عشرة من الأيام لم تتوقف فيها السماء عن البكاء. وتوقَّفنا ننظر كيف يتشقَّق الأسفلت، ويسقط شرائحَ كقالب حلوى من طبقات. وقلت لريما، مختبِرًا ردَّة فعلها: «سنمضي الليل عند صديقنا يوسف». لا تسألني يا داتو من هو يوسف؟ لا تكتمل الإنسانية إذا لم تعرفه عن قرب. ورأيت الرغبة والقلق في عيني ريما معًا، فلم تكن تدري بعد أنَّ هناك طريقًا آخر يلتفُّ حول البحيرات ويدور حول الجبال، إلى حيث سيسألنا عن بطاقتينا الشخصيَّتين فتية شدُّوا البنادق إلى أنوفهم في عشق غريب لرائحة السلاح. ما إن ابتسمتُ حتى بادرتني ريما: «إذا بقينا هناك، فلا معنى لعودتنا في الصباح، ويمكننا أن نبقى معًا مدى العمر». ضحكتُ فرحًا: «فلنبق! موافق. على الأقل ريثما يتدبَّر صديقنا الشيخ مع أهلك الأمر، ثم نرحل إلى غير مكان». لم يعجبني أن أقول عن يوسف شيخًا، وهو السبعيني الذي أتينا إليه كي يحدِّثنا عن عشقه وتدمع عيناه أمامنا من دون خجل من أصابعنا التي تتلامس وتمارس رقصات العشق من دون فحيح. يخجل من بيجامته التي ارتدى فوقها سترةً أعرفها جيِّدًا منذ عشر السنوات، فأرجوه ألا يبدلها، فإذا ما فعل أشعرنا بالغربة، لكنه ما استجاب. «لكنني لا أجلس مع صديقتي هكذا!»، قال يوسف ضاحكًا ضحكة من يكتشف روعة الحياة، «البارحة كانت هنا، وحكينا عنكما... سأريك كيف تقرأ». مشى يغالب الألم في ركبته اليسرى، وقطفت ريما ليمونةً وجمعت بعض النعناع. جاء بسروال رمادي عتيق كان يصلح لمقاسه في يوم من الأيام، مربوطًا إلى الخصر بحزام من الجلد الصناعي متشقِّق على جانبيه. قلت لريما: «يا إلهي كم نحل يوسف في الأشهر الأخيرة»،

وقد جاءنا يحمل قرصي بندورة، أحدهما أخضر. «ألا تشتهين البندورة الخضراء يا صديقتي؟»، قال يوسف لريما، دامع العينين، ثم توجَّه بالحديث إليَّ: «ما زلت أذكر كيف كانت رائحتها في بيت جدِّك. كان جدُّك يحبُّها مع العرق. قطفتها أمس حين تذكَّرناكما مع صديقتي. سأعرِّفكما إليها في المرَّة القادمة. اليوم قد تأتي زوجتي وإلا لكنت طلبت منك أن تذهب وتحضرها بالسيَّارة»، فأجبته ممازحًا: «وهل علينا أن نرحل قبل أن تأتي حبيبة روحك؟»، وإذا بضحكة يوسف التي أعشقها تترقرق كماء عذب: «حبيبة روحي ههههه... معك حق. هي تحب روحي إلى درجة أنها أخذتها. ولكنها لا تعرف أنني خبأت روحي الحقيقية التي أعيش بها الآن... ههههه. ستأتي وترتِّب كل شيء إلى درجة أنني سأبقى أسبوعًا أعيد كل شيء إلى مكانه السابق. المهم أنني أخبِّئ أشياء صديقتي وروحي في مكان لا تعرفه». قلت ليوسف، ولا أدري لماذا ذكَّرته بأيامه في بيروت، حين كانت الحرب الأهلية تدبُّ من بناية إلى أخرى مثقلة بالرصاص: «لا تقل إنك تخبِّئها في المقهى، كما فعلت أيام الحرب في بيروت». وتوجَّهتُ بالحديث إلى ريما: «لقد وضع صورة حبيبته، يا ريما، تحت زجاج طاولة المقهى، وتركها هناك. ألم تفعل يا صديقي؟!»، فأجاب يوسف: «آآآآه! ما الذي ذكَّرك بها الآن؟! ورجعت مرَّة إلى المقهى ورأيت الطاولات مقلوبة والصورة مداسة على الأرض. وبعدها لم أرها. قيل لي إنها تزوَّجت النادل وسافرا لا أعرف إلى أين. انشغلت عنها بالحرب. اللعنة على الحرب». «آسف»، قلت له يا داتو، وقد شعرت بأنني لامست جرحه، فأجاب: «لا، لا عليك لقد شفيت منها، وإلا لما رجعت إلى حياتي في المقهى، ولما عشقت». قلت له: «وربما تكون شفيتَ لأنك عشقت، أو عشقت لتشفى! ومرة أخرى، أهداني ضحكته تلك: «هههه صديقك، يا ريما، فيلسوف عشق ههههه»، قالها

يوسف مداعبًا، محدِّقًا إلى عيني ريما، فقاطعته: «لا تصدِّقيه. أرجعنا إلى حديث المقهى الله يخليك هههه». وظنَّ أنه أحرجني فشعر بالندم وذبلت عيناه: «طيِّب.. تكرم»، حزنت عينا يوسف، وبدا فيهما ظلام بعيد، وقال متحسِّرًا، «والله يا صديقي، هذه الأيام لا أنزل إلى المدينة إلا مرَّة في الأسبوع، أجلس في المقهى وأقرأ جرائد الأسبوع وأشتري لصديقتي رواية وأعود... أعود إلى الراديو. أمضيت عمري مع الجرائد، أما هنا فاكتشفت أن الراديو شيء مهمٌّ. مهمٌّ جدًّا، لم أكن قد انتبهت له من قبل. الراديو، عندي هنا، لا ينطفئ حتى حين أكون نائمًا. أطفئه فقط حين تكون صديقتي عندي، وبحضوركم، هههه. عندي عرق تين لذيذ، أهداني إياه شخص رائع، يشرب كثيرًا ولكنه رائع، لو رأيت كيف يرقص حين يسكر هههه.. هو يشبهك، يعني يُذكِّر بك. كان عندي صديق يشبهك تمامًا وكان يستمع إلى الراديو. صحيح. كان يحبُّ الراديو، قُتل في الحرب في بيروت. ظننته نائمًا فوق الراديو واستغربت لماذا حشر الهوائي بالحائط وتركه ينكسر، ثم رأيت بقعة الدم، أحدهم أطلق عليه النار من شباك القبو. كنت خرجت لأشتري خبزًا وسردينًا. زعلت صديقتك، معها حق. خلنا نحكي عن الفرح». وفيما ريما تداري دمعتها، أجابته بدفء وأمسكت بيده: «لا، ما زعلت!»، قالت ريما ليوسف، ثم نهضت من مكانها نحو المطبخ متظاهرة بأنها ستحضر شيئًا لم تكن تعرف بعد ما يكون. قلتُ لها: «اجلبي الكؤوس».

- أنت مجنون يا سوري! مجنون لأنك تركت يوسف وريما وجئت، بل مجرم.
- نمْ، يا داتو، نمْ. صديقي يوسف رائع، ولديه عصفور دوري ينام على رفِّ الكتب فوق سريره. العصفور جاء بنفسه إليه. يجلس على الرفِّ ويتظاهر بالنوم، لكنه لا يغفو قبل أن يغفو يوسف. «أشهد أني

قد عشت»، قال يوسف، والتمعت دمعتان في عيني ريما لسماع ذلك الرجل الناطر حبيبته على شاطئ البحيرة، يقلِّب دفاتر عشقه المقيم. وكان يوسف ما زال يكتب من أجلها الشعر، وما زالت تنتظر روايات يشتريها من أجلها، ويكتب بين سطورها شعره العاشق، ويضحك ضحكة الطفولة تلك، فتنساح على بحيرة نمنمت خدَّها الأيسر الريح، فيما خدُّها الأيمن يودِّع الشمسَ الراحلة نحو الغرب. وتنزَّل الندى على العشب.

- «أين يوسف يا ريما؟ لماذا لا تردِّين؟! لا تقلقي. داتو نائم لا يسمعني، ثم إني لا أقول شيئًا مخجلًا. أجل، أمس سمعت يوسف يناديني: ارجع يا صديقي. وسمعته يقول لك: «انتظريه وأنجبي من روحه، إني أراهم يلعبون. وصرخت بملء صوتي: «نعم أريد!»، ورأيت الله يفرش أمامي بساطًا أخضر ينتهي إلى البدر. وانهمر مطر غزير وراح يشتدُّ حتى أذابني فلم يبق إلا القلب، وعدت إلى جدران رمادية وناطحتها وما زلت، ولست أدري، بعد، من هزم الثاني، لكن يدي على تلك البطن الدافئة ما تزال تبحث عن الضوء، والنبض. وتظنُّ نفسك شيخ المتألِّمين يا داتو... يا داتو؟»، قالها أحمد ونظر إلى عيني داتو المغمضتين.
- لكنَّ ألمك أبيض يا سوري، وليس أسود كمثل ألمي.
- «آسف يا داتو. آسف يا صديقي». قال أحمد، ورأى في عيني داتو المطفأتين ربما السؤال الأخير:
- لو هجرتك ريما والتحقت برجل آخر، فماذا ستفعل، وأنت على هذه الدرجة من العشق؟ قد تكتشف ذلك يا سوري في وقت متأخِّر، كما اكتشفته أنا، ويكون الأوان قد فات على كل شيء إلا شيئًا واحدًا. ماذا يمكن أن تفعل يا سوري؟
- أعرف جيِّدًا معنى فوات الأوان. ليس في العشق إنما في كل شيء.

سوف أعود يا داتو حتى لو أطلقوا النار على صدري في المطار. لم أخرج بإرادتي ولكنني سأعود بإرادتي. ريما ويوسف، وطني. أنت ستموت هنا وأنا أريد أن أموت هناك.

- بل أنت يجب أن تعيش. احكِ لريما عني. قل لها إني لست شريرًا، واحكِ ليوسف عن أبي. قل له إن أبي سوف يموت مطمئنًّا، فلن يبقى لديه من يقلق عليه ويتمسَّك بالحياة من أجله. حياتك كاملة يا حاج عارف، ستقفل الدائرة بالمفتاح وترحل. عشقت وقاتلت وانتصرت وأنجبتنا وربَّيتنا ثم دفنتنا واحدًا بعد الآخر. لم يعد لديك ما تفعله. لم يعد لديك ما يحزنك. لا تبقَ هنا يا سوري. لا تبقَ. عُدْ على أوَّل طائرة.
- ليس قبل أن أطمئنَّ عليك.
- تطمئنَّ عليَّ ههههه! أنت لن تخيِّب ظنِّي في حماقتك أبدًا.

باب الريح

1

- أنا ذاهب للبحث عنهما. هذه المرَّة أعرف كيف أصل إليهما. كم كنت غبيًّا حين لم يخطر ذلك ببالي من قبل، لا تنتظر عودتي. ستعرف لحظة أجدهما، سيموت حينها سان.
- ما لك ولطائري المسكين؟ اتركه وحاله يا داتو.
- لن أمسَّه أيُّها الأحمق! سيموت من دون أن أفعل شيئًا له.
- ما هذا الهراء!؟
- لقد رأيتهم في غفوتي قرب النار يموتون معًا.. أقسم لك أنني كنت حزينًا على سان!
- ولم تحزن على ريتَّا!؟ أنت ستقتل نفسك لو قتلتها.
- ليس مهمًّا. تعال أعانقك. آن الأوان.
- لا أريد. أتعلم يا داتو؟ لو لم أكن على يقين من أنَّك لن تقتل ريتَّا لأبلغت عنك البوليس. سأنتظر عودتك يا صديقي. أحبُّك يا داتو.

نظر داتو إلى الخلف بعد أن كان أدار ظهره لأحمد، وشعَّت عيناه من جديد، وارتسمت ابتسامة على وجهه الحزين، ولكنَّه لم يقل شيئًا.

رفض أحمد عناق داتو، خوفًا من أن تغدر به دمعته فتسقط، وحجَّر عينيه في انتظار أن يسمع خبط خشب البوَّابة على إطارها. أما في الواقع فكان قلبه سبق داتو إلى درجات المدخل، وبعض منه رحل مع القوقازي، وبقي بعضه الآخر ليعيش به أحمد أيامه الصعبة القريبة القادمة.

أمسك أحمد بهاتفه، وكتب لريما:

- كيف حالكِ يا ريما؟ طمئنيني، ستتغيَّر أشياء كثيرة ومصيرية خلال أيام، لا أدري ماذا وكيف بعد. سأخبرك. سأكون معك، لا تقلقي.

لا أُخفي عنك أنَّ روحي قلقة. فلا تخفي عني شيئًا يا ريما، أيًا يكن، أرجوك. إضمار القول أسوأ من أي تصريح. أستطيع تقبُّل جميع الحقائق!

وجاءه الجواب:

- ها أنا أخبرك بكلّ شيء. إنهم يقنصون عمَّال الهاتف والكهرباء. أتذكر ذلك العامل الذي أصلح لك هاتف المنزل قبل سفرك؟ قتلوه!

أراد أحمد أن يكتب لريما أنه كان يعني أشياء أخرى يجب أن تخبره عنها، لكنه آثر الصمت، بل شعر بمرارة لأنها تحدَّثت عن شيء آخر، وهي أذكى من أن يخفى عنها مقصد سؤاله. ومع ذلك، صمت أحمد، وقرَّر عدم الإتيان على هذا الموضوع مرَّة أخرى. كان كل قرار يعني تراجعًا عن تلك الجذوة التي عاشها، وما زال يشكر السماء على ذلك. بات بإمكانه أن يقول، كمن قالوا من قبله، ولم يكُ يوسف أوَّلهم «أشهد أني قد عشتُ». إلا أن جواب ريما أعاد أحمد إلى حارته، إلى مقهاه، إلى ناس يخشاهم ويشتاق إليهم.

2

ذات يوم، كان عامل الهاتف يحاول وصل الخطوط التي قطعها شباب يخرِّبون كل شيء غضبًا وانتقامًا في الليل، رأته ريما متَّكئًا على العلبة الرمادية الملصق عليها نعوات من قُتلوا أمس فوق نعوات من قُتلوا قبلهم، متلفِّتًا حوله، فنكزت أحمد ليلتفت إليه. ظنَّته يسترق السمع عبر جهازه إلى حديث يدور بين عاشقين، وفجأة علا صوت عامل الهاتف، وهوت ثلاث بيوض من عشّ عصفور دوري أعلى خشبة العمود، وانكسرت على الرصيف، وساحت الأجنة كأنما تبحث عن شيء، وهزَّت بلاطات الرصيف ستُّ أقدام ثقيلة، في نعال متسخة تتدلى فوقها بنادق رشَّاشة ورمَّانات للقتل. راح عامل الهاتف يقول: «ألو... لا تطلعي من البيت ولا تتركي الأولاد يطلعون، أخبري أختي وأهلك، بعد الساعة السابعة اليوم... لا تناقشيني. قلت لك لا تسأليني! اقعدي في البيت مع أولادك ولا تسألي، استغفر الله العظيم. قلت لك لا تسألي! إذا سمعوني... افهمي! انتهى».

قال عامل الهاتف ذلك بعصبية، ونظر إلى ريما كأنما يمسح من أذنيها ما سمعتْ، ثم انصرف مصحوبًا بسعال جافٍّ، كأنما ينفض غبار الحرب عن روحه.

أخرج أحمد مفتاح السيَّارة من جيبه وأشار برأسه أن اتبعيني يا ريما إلى حيث ركنت السيَّارة أمس، وكان قد ركنها بعيدًا عن باب بيته كي لا يحطِّمها الغاضبون من رفضه استخدام السلاح.

إنها السيَّارة نفسها التي ضحكا أمس لرؤية مؤخِّرة كبيرة تلتصق بزجاج بابها حيث تجلس ريما، قبل أن تقطع ضحكتهما رؤية شابَّين يجلسان على غطاء المحرِّك وشبابًا آخرين يهزُّون السيَّارة من خلف، وموجة تصفيق وهتافات

وهياج تعصف بهما، فراحا يزعقان مع خبط أكفٍّ على السقف، لم يظهر من أصحابه إلا الأرجل وأجزاء من البنادق، متوافقٍ مع قرع طبول قريب. ثم تسلَّل الخوف، وملأ جوف السيَّارة قبل أن يتسلَّق وجهيهما، ولم يستطيعا شيئًا سوى النزول ثم التقافز في المكان إيهامًا بالرقص، ثم الاندفاع مع السيل الصارخ بحياة الرئيس. ففعلا، وراحا يصفِّقان لزخَّات رصاص حيٍّ في هواء الحي. ثم اكتشفا زقاقًا، وفرحا به، كأنما لم يكونا يشتريان منه زجاجات الفودكا والنبيذ مرَّتين في الأسبوع على الأقل. وفي الزقاق، رأيا شبابًا متوعِّدين، نحوهما ينظرون، رافعين بنادقهم يرقصون، خابطين أرجلهم بالأرض، في انتظار أمرٍ بإطلاق النار.

وهناك، دخلا مقهى، بالأمس سقط ثلاثة شبَّان أمامه، ومن هنا، على بُعد طاولتين في العمق وكيس بنٍّ، رحل رسَّام الكاريكاتير، الذي رسم أحمد وعددًا من مرتادي المقهى المزمنين، وبقي توقيعه على وجه السوري المدلهمّ على الجدار.

حزن رفاقه في المقهى عليه، وقالوا متيقِّنين: «لن يرجع بعد اليوم. كان يحلم بالسفر إلى المكسيك، وحبيبته الصغيرة القدِّ سوف يجرفها السيل، وتدخل عمارة يخرج منها زعيق يتعربش على الهواء».

اهتزَّ الهاتف في جيب سروال ريما الجينز، فاضطربت، وقرأ أحمد على وجهها قلقًا مشوبًا بالحزن. وراح يغالب غيرته، فيما هي تنهض إلى ممرٍّ بين الطاولات لتردَّ على الصوت المختبئ في مكان ما، ولكنه ما إن تأمَّل ظهرها، حتى هطل عليه الحزن والشوق إليها والرغبة في أن يضمَّها إلى صدره أمام الجميع، وليكن صاحب الرنَّة من يكون.

ما إن أعادت الهاتف إلى جيبها، حتى راح يشاغلها بحديث عن لا شيء، كي لا تخطئ القول، فقد رأى كيف تعثَّرت أصابعها أثناء إعادة الجهاز الرقيق إلى الجيب. وأراحه أنها لم تحاول الإجابة عن سؤال لم يطرحه لسانه، وعرف كيف يمتصُّه النبض، وقال لها: «هيَّا بنا، فلعلَّ المسيرة ابتعدت إلى شوارع

أخرى!»، كان يريد أن يقول «مسيرة تأييد القتل»، لكن لا معنى أن يقول ذلك لريما بالذات، فأخوها مساق إلى القتل في مكان ما رغمًا عنه.

وصلا إلى السيَّارة، وأمامها وقفا، يتبادلان نظرات متسائلة، ثم ضحكا. كانت مؤخِّرة فتاة كبيرة قد تركت طبعتها على سقف السيَّارة، وكان يمكن القبض عليها باليدين لشدة ما بدت واضحة، فإذا بأحمد يجعل يديه تحتها وإذا بريما تضرب يديه، ثم تشدُّه ليدخلا الفضاء الحميم الذي لا تزال رائحة عطرها تنتظره فيه.

اندفع بهما الحديد. وضغط كيس الشيبس بيده فانطحنت شرائح البطاطا المملَّحة الحادة فيه، وسألته ريما باستغراب: «لماذا؟». فأجابها ضاحكًا: «كي لا نتقاتل على الفتات».

بصمت، اتَّجها صوب البحر. كان البحر بحرين. أحدهما لاهب، والآخر، ضجرة أمواجه الباردة، تلاعب الصخور المتسائلة عن سرِّ اختفاء الناس. لم يك هناك إلا صيَّاد، وضغط نظرتها إلى شاشة الهاتف الذي بدأ يرنُّ، وعيناه يملؤهما السؤال والغضب والحزن في آن، وهو يحاول أن لا ترى كيف يلتهم وجهه السؤال، فتبادره: «لا تزعل حبيبي. ما له محل وحياة عينيك. لا تدعني أراهما حزينتين».

وإذا بقارب يظهر من بعيد، يكاد يغوص في الماء لكثرة ما راح يتخفَّى خلف الموج. وإذا بالخوف يزيح السؤال من عيني أحمد، فيمسك بيد ريما ويقول لها: «هيَّا بنا ننصرف قبل أن يصل الموت!». وكانت كرات مشعثة سوداء تخرج من القارب وتعود إليه، ومواسير.

وإذا بصيَّاد قصبة يُخرج جهاز اتصال، تاركًا للفلِّينة التي غاصت عميقًا في الماء أن تذهب بها السمكة حيث تستطيع، ثم يلجأ إلى حقيبة بدت كأنما فيها قصبات أخرى للصيد، ويصيح بهما كي يغادرا في اللحظة المكان، ثم ينبطح على الصخر. وتلعلع صلية ويعقبها انفجار.

وفيما انتصرت ريما على الهاتف الذي رنَّ وما زال في وجع أحمد صداه، قال لها، وقد ساقه خوفه المكتوم إلى بوَّابة لم يرها قبل اليوم مقفلة، وبات عليه

أن يعود إلى الطريق الموازي للبحر: «إنه قدرنا إذن، لا تخافي يا ريما! سنموت معًا».

وقبل أن تستقرَّ العجلات في مجريين فوق فخَّار محطَّم قديم العهد، اندفعت عربة مدرَّعة صوب البوَّابة، وراح جندي يبعدهما بشتائمه عن طريق الفولاذ، فيما آخر يخاطبهما باسميهما. كان هو رسام الكاريكاتير الذي رفعا نخب الأمل في عودته من الحرب، كأس تيكيلا مع شرحة ليمون.

لم يعد الرصاص يخيف ريما، بل كادت تقفز إلى العربة المدرَّعة لا تدري كيف تفسِّر رؤيته هنا، صديقهما الذي كانت تشاغل نفسها عن تحيَّته على رصيف المقهى الصغير، وها هي تصيح: «لا تطلق النار! لا تقتل! تعال معنا إلى المقهى». لم يسمع الرسَّام شيئًا مما قالت، فقد اندفعت العربة لتحطِّم بوَّابة السور الحديد وتوجِّه سبطاناتها صوب البحر.

خرج حارس البوَّابة من محرسه مذعورًا، فلم يجد سوى ريما وأحمد يشتمهما، وما كادا يبتسمان لشتائم الضعيف، الأعزل إلا من قميص وسروال متهالكين على جسده النحيل، حتى دخلت البوَّابة سيَّارتا جيب مكتظَّتان بحملة رشاشات، فازدادت عينا الحارس الشتَّام اتساعًا، ونظر إلى البوَّابة المنهارة، ثم نحوهما، وصاح متوسِّلًا: «خذني معك... أرجوك!».

انحشر الحارس في باب السيَّارة الخلفي، وقد خلا الشارع من السيَّارات على صوت الرصاص الآتي من البحر، وبدا كعصفور ملفوف بخيوط استسلم للقيد وأغمض عينيه.

وفيما ريما تحصي أشجار النخيل المندفعة بسرعة إلى الخلف، حيث صوت رشَّاش ثقيل يمزِّق الهواء، اهتزَّ هاتفها فنظرت إلى شاشته، واضطربت، وجاءها صوت أحمد يقول: «ردِّي! ردِّي! لا معنى للتردُّد، غدًا سنموت جميعًا».

3

مرّت ساعات على خروج داتو. مرآة مكسورة في زاوية غرفة أحمد تستند إلى جدارين، تقف على أرض تتراقص تحت قدميه، بل تحت قدمه اليسرى. يقف أمامها على يسراه، نصف مغمض العينين.

- خذها!

قال له داتو ذات صباح. فمدَّ أحمد يده صامتًا إلى المكان المكسور، وتحسَّس السطح الصقيل حتى عثر على الصدع، فرأى انفجارًا يأخذ شكل فطر، وكانوا علّموه ألَّا ينظر كي لا يصاب بالعمى. بدأ الفطر يعلو ويكبر، ويملأ الغرفةَ الغبارُ. كانت المرآة لامرأة لن ترجع إلى هنا بعد اليوم.

- لا أحبُّ البلّور المكسور، أتوجَّس شرًّا منه!

قال أحمد لداتو، حين جلب الأخير المرآة من القبو. وضحك داتو حينها، هازئًا، وقال:

- لكنَّها جالبة حظٍّ. ومن يدري، فربما من هذا الكسر الذي فيها تعود إلى بلدك، رجلًا يسير كلُّه في طريق واحد فلا ينشطر نصفين. ألم تقل ذلك عن نفسك، أيها السوري؟

أجاب أحمد:

- يبدو أنني قلت ذلك، ولكنني لم أعد أذكر أكنت في حالة سُكْر أم صحو، إنما أنا متأكِّد من أنني لم أكن كلِّي يومًا في أي مكان.

خرج أحمد، مساء ذلك اليوم الذي أخذ فيه المرآة المكسورة من داتو، إلى مقهى الصامتين، وهناك رأى رجلًا يشبه داتو ينظر إليه، ولسبب لم يفهمه، أشار إليه شبيه داتو بالخروج، وفي الخارج ضغط راحة يده بأصابعه الغليظة، محيِّيًا، وقال:

- انتظرني هنا دقيقتين، سأهديك شيئًا يعجبك من بلدي.

لم ينتظر منه إجابة. انصرف ليعود بعد قليل بلحم حصان مقدَّد، ومرتديلا من لحم الخيل، جاء بها من سهوب آسيا. فتخيَّل أحمد حصانًا يُذبح من أجل أن يأكل لحمه.

- «أفضل ما تفعله مع حصان حين يعجز أن تذبحه»، قال شبيه داتو المضلَّع الرأس، «ذلك أرحم من أن تجرح كبرياءه وتتركه يعيش. لا تترك حصانًا ينظر مقهورًا إلى الخيول تعدو برشاقة وقوَّة وحرِّية، وهو عاجز عن فعل ذلك. صدِّقني الحصان يستسلم للسكِّين أكثر مما يستسلم لفكرة العجز، ويبدو متفهِّمًا لما تقوم به.

- يستسلم للسكِّين مبتسمًا فقط لأنه لم يعد يستطيع أن يعدو. طظ في العدْو وفي الحكمة من وراء ذبح الحصان. لا أريد أن أسابق أحدًا ولا أريد أن أموت.

ثم دخلا المقهى وراحا يعبَّان من كأسيهما صامتَين، فيما شبيه داتو يحدِّق إلى عيني السوري غير مصدِّق ما يقول، بل يحسب أنه يستفزُّه ليفصح عن المزيد، فليس لفارس أن يقول ما يقول هذا القادم من أرض الموت.

وحين بدا لشبيه داتو أن السوري يهمُّ بمغادرة الطاولة، ضربه بقبضته القوية على رجله، وصهل ليعيد إليه مزاجه الذي فقده في الحديث عن ذبح الحصان.

تأمَّل أحمد فكرة أن يذبح الرجل جسديًّا قبل أن يذبح نفسيًّا.. فسكِّين الخسارة أشدُّ إيلامًا من سكِّين الجزَّار. وضرب ظهر شبيه داتو بقبضة يسراه، مومئًا برأسه أن دعنا نخرج. ومتَّكئًا على الجدار على بعد خطوتين من رجال يدخِّنون وعلى حجارة الرصيف يبصقون، قال السوري:

- كم نحن حيوانات!

وعلى غير انتظار منه أجابه الشبيه:

- أنت نعم، أما أنا فلا... هههههه.

غادر أحمد المقهى وهو يفرك عينيه لطرد كائنات ترتسم فيها، تبول في الشارع وتتسافد ولا تعبأ بغيرها من الكائنات. وعلى رصيف الشارع، رأى ثلاثة سمر متوعدين، بصعوبة بالغة تمالك نفسه حين رآهم فلم يضحك، وحسنًا فعل حين تمالك ضحكته المهلكة! وإذا به يحيِّيهم بصوت مرتفع على غير عادته في إلقاء السلام، وكأنه يعرفهم عن قرب من زمان:

- مرحبًا يا شباب!

وإذا بهم ينظرون نحوه باستغراب، ويردُّ الواقف بينهم في الوسط، مقهقهًا، فيما ينظر إليه الآخران، في انتظار ما سيرتسم على وجهه بعد ضحكته التي بُترت كما تُبتر إصبع بساطور:

- مرحبًا. ادخل! الباب مفتوح ههههه.
- في المرَّة القادمة، يا قبضاي! أأدخل إلى الشارع!

ثم توجَّه بالحديث إلى أقصرهم:

- هل لديك مسطرة؟ متر؟ أي شيء للقياس...

لحسن حظِّه، حطَّت على الرصيف ريشة رمادية، كأنما من صدر سان، فما عاد قادرًا على البسمة وهمَّ بالانصراف، ولكن جاءه صوت من الخلف:

- «ماذا تريد؟ لماذا تحدِّق إلى الأرض تحتنا؟ ما الذي لا يعجبك؟»، سأله الزعيم.

أجابه أحمد بصوت حزين:

- لا شيء يا أخي. الأرض مائلة. أقصد الأسفلت. الأسفلت حكايته عجيبة.
- «مجنون!»، قهقه الزعيم، فأتت صلية قهقاته في ظهر أحمد، «مجنوووون!».

انصرف أحمد من دون أن يشعر بالإهانة من ضحكهم، لا يدري لماذا، وربما يدري. فما إن ابتعد عنهم خطوات حتى راح يضحك لصورة ارتسمت في باله. تخيَّل هؤلاء القوقازيِّين الثلاثة يقفون في نسق، متكاتفين يبولون. ورأى

حارسَي الزعيم يضطرّان إلى قطع بولهما في منتصف الطريق من أجل أن يجري بول زعيمهما أطول، وكاد يسألهم عن مسطرة ليقيس أيهم بوله سيجري مسافة أطول على الرصيف ليمنحه جائزة، وتخيَّل أولئك الذين ينتظرون الحافلة على الموقف يصفِّقون للزعيم الفائز بمسابقة البول. ضحك لفكرة أن تراهم ربما يبولون.

عاد أحمد في ذاكرته إلى ذلك الشاب الذي قُتل برصاصة قبل أن يتمكَّن من رفع سرواله بين شجيرات الدفلى، قبالة شرفة بيته المطلَّة على قمَّة يعلوها مزار. قالوا إنه من المندسِّين المخرِّبين، أعداء الحياة. واحتفل الحيُّ ورقص شبابه بقتل الغريب الفقير. كانت تلك باكورة النصر.

4

ذات مساء هواؤه مشبع بملح البحر، كانت السيَّارات تعبر والصبايا والشباب يسحبهم ضجيج الأبواق والغبار، وكان أحمد ينتظر أن تعبر ريما الشارع نحوه، متظاهرة بأنها غير معنيَّة بالرجل الواقف على الشرفة لامع العينين، وكان ذلك الرجل، رآها تتَّجه صوب الباب الحديدي الذي راح يتآكله الصدأ، ثم تختفي، وبدأ يتآكله قلق الانتظار، فلم تصعد إليه ولم تخرج من مدخل المبنى الذي دخلته، أم أنه لم يرها؟!

سكَّان العمارة، لا أحد منهم يلقي التحيَّة على جاره، ولكنهم جميعًا يهتمُّون بالباب. أحدهم كان يرصد دخول ريما ويحتفظ به في دفتره ليوم ما.

كانت جارة أحمد تقف وراء الستارة، نصفَ النهار، ووراء عدسة الباب، نصفه الثاني. تأكل واقفة، وتسمع الأغاني واقفة، أو في الطريق بين العينين. وكان يمكن أن تحدِّثك بدقَّة كيف قُتل ذلك الشاب وراء أجمات الدفلى، التي لا تُزهر أبدًا، وترصِّع أوراقَها حلزوناتٌ صغيرة بيضاء.

وعلى باب شقَّتها، وقف أحمد يسألها عمَّن قتل الشاب الغريب، فحدَّثته كيف أنه كان يبول حين نزل ثلاثة رجال من سيَّارة بيك آب، سيَّارة تروح وتجيء في الشارع مرَّات كثيرة في اليوم، نزلوا وسحبوا بنادقهم، وقالت:

- أظنُّهم سألوه عن هويَّته، وحين تلكَّأ... حاول المسكين إخفاء... إخفاء هههه...

ساعدها أحمد:

- تعنين...

وأشار إلى أسفل بطنه، محدِّقًا إلى عينيها. تظاهرت بالخجل قبل أن تجيب:

- نعم، كان يحاول إغلاق سحَّاب سرواله، ولم أسمع ما قال... بعد أوَّل انفجار فرغ الشارع. الجميع هربوا. وبدأ إطلاق الرصاص. كان المسكين الله أعلم في طريقه إلى أين! قنصوه في رأسه، وقطعوا...

من جديد ساعدها أحمد، مكرِّرًا الحركة نفسها:

- تعنين...

فأجابته محدِّقة إلى عينيه هذه المرَّة:

- نعم، للأسف.. لا أقصد الأسف على...
- أعرف قصدك.. ههههه.
- يا لك من جار أزعر! هههههه.

5

مبتعدًا عن القوقازيِّين الثلاثة المتوعِّدين، مسرع الخطو، اتَّجه أحمد إلى أقرب محطَّات مترو الأنفاق. كان عليه أن يسير قرابة العشرين دقيقة. وفي الطريق سمع نغمة الرسائل تنبِّهه لوصول رسالة. أخرج الهاتف من جيبه، ورأى أنها من ريما، لكنه أرجأ قراءتها إلى حين ركوبه العربة: «اليوم مررت أمام بيتكم. كل شيء تغير، يا أحمد. لم يعد بإمكانك انتظاري على الشرفة. لقد جعلوا بباب عمارتكم عدستين وقفلًا كهربائيًا وحارسَين مسلَّحين لا يغادر أحدهما قبل أن ينتصب الثاني مكانه، وجعلوا أمامه ساترًا من أكياس الرمل، وعلى الساتر صفًّا من علب البيرة للمقاتلين... لا أدري ما الذي يفعلونه هناك، ومن ينتظر رصاصهم!؟».

بسبب من علب البيرة فرح أحمد للرسالة رغم محتواها الآخر.

- ذكَّرتني رسالتك يا ريما بيوم لجأنا إلى الدفلى وسط محلَّقٍ كان حدائقي بمزاج فنان قد شكَّله على هيئة متاهة تنتهي بغرفة دائرية في الوسط لا تنكشف إلا على السماء. وكانت سيَّارات المحتفين بالربيع تدور حولنا، ولم نكن نرى إلا الأزرق يهطل علينا ضوءًا وسلامًا، وكنا ظننا أحدًا لم يرنا لحظة دخلنا الدفلى. لم نكن نريد أن نرى، وكان ذلك يكفينا كي لا يرانا أحد. وفجأة قطعت عناقنا علبة بيرة ملآنة وباردة ومن النوع الذي نحبُّ، سقطت على سياج الدفلى قربنا، آتية من جهة البحر. ورحت أنتظر كيسًا من الفستق المملَّح، لكنَّه لم يأتِ، فضحكنا وانصرفنا. أتذكرين؟
- كيف لي أن أنسى، ولكن دبَّابة تقف هناك اليوم. لم يجدوا مكانًا للدبَّابة سوى الدفلى! أين هو ذلك الرامي الماهر الذي أصاب هدفه

بعلبة البيرة فأمتعنا. هل ما زال على قيد الحياة؟ لا أظنُّ. لم تعد الجدران تتَّسع لأوراق النعي، وروحي لزعيق سيَّارات الإسعاف.

- وروحي لم تعد تطيق إحصاء الطائرات التي تنقل الناس إلى أهليهم هنا وهناك. تقتلني الطائرات!

- مهلكَ! مهلكَ! بالأمس، في الحلم، جاءني صوت أجشُّ من بين أشجار النارنج. وكان كلب أقعى حزينًا على حائط عمارة متروكة للسقوط يحرس دمية ممزَّقة، عمارة نهش خاصرتها الرصاص، وتناثرت فيها أحذية غادرها القتلى إلى حفرة بين أشجار الدفلى، وسط شارع ينام فيه الفقراء. ورأيت نفسي أناديك: أين أنت؟ ألجأت إلى السلاح هربًا من العشق؟! ورجوتك ألا تطلق النار على الصغار. قلت لك إن ضحكة أبيك لا تزال عالقة فوق بيتكم، أراها كلما شممت رائحة تذكِّرني بذلك الحيِّ الفقير. لا تحزن! في المنامات لا نأتي كما نحن.

انهال مزيج من الحزن والخوف والشوق على وجه أحمد، ومشى... ومشى، حتى حطَّ به ضجر روحه وخوفه من فقدان الجميع، ريما وريتًّا وداتو وسان، في محطَّة نصف معتمة تعبق بروائح السكارى الممدَّدين على مقاعد الانتظار. وهناك، حاول إيقاظ الفجر، وخيِّل إليه أنه رأى من وراء عربات المسافرين صبايا يمسحن برفق أجساد خيول. لم تكن هناك أية خيول. وعذَّبه سؤال:

- كيف لك يا ريما أن تحسبيني قادرًا على القتل!؟ أنت تتحدَّثين عن شخص آخر وليس عني، أم لعلَّك أرسلت الرسالة خطأ إلي وليس إلى الشخص المعنيِّ.

وإذ تناول هاتفه، ليكتب ما دار في روحه، جاءته رسالة أخرى تقول:

- رُدَّ عليَّ، هل تستطيع أن تُريني ابتسامتك مرَّة أخرى؟ كم رجلًا قتلت من دون أن تدري من هم؟ كنت تنفر من طبق العصافير، وتلجأ إلى السطح ريثما ينتهون من الغداء. كانت ابنة الجيران تحبُّ عينيك الحنونتين... أعلم أن أمَّها وأخاها سقطا قتيلين حين كانا عائدين من

نكش البطاطا في الحقل. وقالت لي إنها تتسقَّط أخبارك، ولا تدري إن كنت لا تزال على قيد الحياة.

وإذا بأحمد يكتب مغتاظًا، وقد حلَّ مزيج من شعور بالقلق من وجود شخص لا يعرفه في حياة ريما، وبالخوف من أن الحرب ربما تكون قد ذهبت بعقلها:

- مع من تتحدَّثين! ليس أنا الذي تخاطبينه. أصدقيني القول، ولن أزعجك!

جاءه الجواب:

- أحبُّ أن أنده اسمك مع الندى العالق بزهر القريص. هل أنت بخير؟

ويردُّ، فيما حيرة وقلق أكبر يسيطران عليه:

- أنا بخير. بخير. ولكنك لا تبدين كذلك! ما الذي يجري يا ريما!؟ أرجوك صارحيني، أنا في طريقي إلى محطَّة قطارات. مسافر إلى بطرسبورغ، يجب أن أقطع طريق داتو إلى الموت. كنت أحاول أن أغفو قليلًا على مقعد في المحطَّة، ريثما يحين موعد انطلاق القطار.

- لم يحدث شيء لا تعرفه يا أحمد. بالأمس رشفت رحيق زهر القريص. الصغار وحدهم يرشفونه في ضيعتنا المطلَّة على كيمياء الرحيل، إنَّه الماء، لكنني فعلت في الكبر. رشفت زهر القريص، وقبضت على لهيب شوكه حين التهبت روحي. وسمعت الرجال يقولون إنهم لن يستطيعوا العودة إلى بيوتهم اليوم لأن مداخل الحيِّ مغلقة بمتاريس يقف وراءها شباب مسلَّحون لا يعرفونهم. وسمعت صوتك ترجوني أن أغلق الأبواب جيِّدًا، وأنت تعلم أنَّ صدر أمِّي يضيق من الأبواب المغلقة، وأنَّ أخي أعطى كلًا منَّا رمَّانة لنفجِّر نفسينا إذا ما دخلوا. وأنت رجوتني: «فجِّريهم يا ريما، ولكن لا تموتي!». وأجبتك: «لا تقلق يا أحمد! سوف أبقى على قيد الحياة ما زلت أنت حيًّا».

***

حان موعد انطلاق القطار، من محطَّة على بُعد ساعتي ركوب من المبنى المهجور، حيث المهرة تقف فوق سطح العمارة على قائمتيها الخلفيَّتين، وتمطُّ شفتيها لالتقاط قبلة في الهواء، وسان يسير فوق السور الذي لم يكتمل بناؤه، مثل حارس عجوز، كأنما يخشى على ريشه السقوط، وعلى نفسه ما سيكون بعد. وأخشاب باب العمارة تصرُّ من دون ريح، لا داتو هنا ولا أحمد، وليس سوى مرآة مكسورة الزاوية وصفٍّ زجاجات فارغة، والطائرات تهدر ويجري الحديد على الحديد.

باب المفاتيح

1

عند خروجه من محطَّة قطارات «موسكوفسكي فاكزال» بسان بطرسبورغ، رأى أحمد امرأة خُيِّل إليه أنها ليديا ستيبانوفنا، الطبيبة اللامعة الجمال، التي فقدت زوجها الضابط في عزِّ صباها. سقطت مروحيته في البحر. كان أصغر الضبَّاط رتبة بين ركَّاب المروحية، لكنَّ رتبهم الأعلى ومناصبهم لم تحمِهم من الموت. اقترب أحمد منها، لكنه نسي اسمها في تلك اللحظة، فلم يدرِ كيف يسألها وعمَّ يحدثها. أيسألها: «هل أنت المرأة التي كانت ابنتها صديقتي؟ المرأة الوفيَّة التي قتلوا زوجها الضابط؟». كان السؤال سيبدو غبيًّا، لو طرحه. ومع ذلك، جعلته رؤية هذه المرأة يفكِّر في زيارة ليديا ستيبانوفنا التي تذكَّر اسمها بعد دقائق من خروجه من المحطَّة.

كان بإمكان أحمد الذهاب، صباح غد الأحد، إلى مقبرة كانت تزورها المرأة، التي خُيِّل إليه أنه رآها في المحطَّة، كل يوم، لتضع زهرة على قبر حبيبها، إلى أن رجتها ابنتها، صديقة ريتًا وزميلتها في الدراسة، أن تكتفي بصباح الأحد لزيارة القبر، بدلًا من كل صباح. زهرة قرنفل، كانت هديَّتها اليومية ثم الأسبوعية لحبيبها الراقد تحت التراب.

مع خروجه من المحطَّة، اتَّجه أحمد بحركة تكاد تكون لا إرادية إلى المقهى نفسه غير البعيد عن المحطَّة في شارع النيفسكي القديم، الذي كان يرتاده في أعوام دراسته، وفرح لأن المقهى لا يزال، رغم تحديثه، يقدِّم القهوة وفطائر الفواكه والشوكولاتة لزبائنه. وكان لا يزال غير بعيد عنه ذلك الوجه الحجري المحطَّم الأنف إلى جانب بوَّابة مبنى قديم. لم يعالج أحد أنف المرأة الذي جدعته الحرب. اكتفوا بتغطية الجرح بطلاء أبيض.

طلب أحمد لنفسه فنجانًا من القهوة وفطيرة مع الشوكولاتة، وكتب لريما: «ما زالت المرأة تنتظر من يعالج وجهها الذي شوَّهته الحرب. إنه وجه المدينة يا ريما. أتذكرين يوم حدَّثتك عنه؟ منذ قليل وصلت إلى المدينة التي قتل الحصار فيها تسعمائة ألف إنسان، ومن بقي أكل القطط والكلاب ليعيش. رأيت كثيرًا من المباني المخرَّبة والغابات المحروقة، في الطريق. كلُّ شيء يذكِّر بزمن الحرب. كأنَّ الحرب تلاحقني حيثما تحرَّكت! هل من جديد يا ريما؟ أنتظر جوابكِ. أي جواب، فأن تكتبي يعني أنك على قيد الحياة. كوني بخير أرجوكِ».

وفي انتظار ردِّ ريما، راح أحمد يقلِّب خططه التي أعدَّها في القطار الهارب من الخراب على جانبيه لا يدري إلى أين، للوصول إلى ريتَّا.

فكَّر أحمد في الذهاب إلى شقَّة كانت تسكنها، حين غادر هذه البلاد، إحدى قريبات ريتَّا مع رجل من المستبعد أن تكون علاقتهما قد صمدت طوال هذه الأعوام، فقد كان سكِّيرًا وكانت لا تطيق السُكْر، وكانت الشقَّة الصغيرة له، ولعله باعها أو مات مخمورًا وربما محترقًا، فكثيرًا ما كان يغفو مخمورًا في سريره والسيجارة مشتعلة في يده؛ ولكن فكرة أخرى كانت أقرب إلى قلب أحمد، وهي الذهاب إلى السكن الجامعي، حيث أمضى وداتو خمس سنوات ونيِّف في غرفة في الطابق الثالث تطلُّ على حظيرة خيول، والسؤال هناك عمَّا إذا كان قد بقي أحد ممن كانوا يعملون في تلك الوحدة السكنية، وعن الفرَّاشة في المبنى وأين عساها تكون، وكانت تربطها علاقة طيِّبة بريتَّا، وكثيرًا ما كانت الألسنة تلوك تلك العلاقة في السكن الجامعي، فيما لم تكن ريتَّا تطيق أن تلمسها يد امرأة.

وصلت رسالة من ريما تقول: «كيف أكون بخير! قُتل ثلاثة أخوة من عائلة واحدة في حارتنا اليوم. الكبير بينهم كان يجلس في المقهى. تعرفه. أبو القميص الأخضر. مات».

«أرجو أن تكون أمُّهم ميتة!»، كتب أحمد لريما. وأضاف: «سأعود يا ريما. ربما قريبًا. انتظريني. كم من مرتادي المقهى قُتل؟ أخبريني يا ريما».

«أبو القميص الأخضر»، تذكَّر أحمد عامل الصيانة في السكن الجامعي. كانت مادة حمضية ما قد اندلقت على قميصه الأخضر الغامق فأضاءته حتى بدا حشيشيًا حيث الاندلاق.

«إيه، أين عساك تكون أيها العجوز؟!»، فكَّر أحمد في الرجل الذي قد يكون لا يزال بين الأحياء، وقد كانت ريتًا تعطف عليه وتشتري له زجاجة فودكا حين يتيَّسر لها، لشبهه بأبيها الذي توقَّف قلبه على مقعد أخضر عند مدخل المبنى، وكان بيده الغيتار، وكان يفضِّل الجلوس هناك على سماع امرأته تكرِّر اسطوانتها اليومية عن كسله وتضييع الوقت بالعزف على الآلة الخشبية التي كادت تكسرها ذات مساء. لم تكن المرأة أمًّا لريتًا. كانت امرأة أحبَّها في حالة سُكْر بعدما لم تعد أمُّ ريتًا من عملها ذات يوم، وضاع أثرها.

بعد رشفتين من فنجان القهوة الثاني، قرَّر أحمد التوجُّه إلى السكن الجامعي، فهناك ستتاح له رؤية غرفته، وشجرة البتولا التي زرعها قرب مدخل المبنى، والغرفة ذات الستارة البرتقالية التي كان يخفق قلبه بتسارع حين تنزاح.

2

في حافلة صغيرة متَّجهة من محطَّة مترو «موسكوفسكايا» إلى «ضيعة القياصرة» حيث السكن الجامعي، اهتزَّ هاتفه منبِّهًا لوصول رسالة. كانت الرسالة من ريما. وكان لحظتها في حالة شرود، يرى المهرة تكاد تطير عن سطح القرميد في المبنى الموسكوفي المهجور، يراها تنظر إلى مكان ما وراء غابة تمسح رؤوس صنوبراتها طائرات تطير، ترافقها عيناه وصلواته. وينظر سان معه متتبِّعًا خطَّ طيرانها ثم يدنو منه كلما ابتعد، فإذا ما أشاح بنظره عنه وأغلق الباب، يقفز سان إلى النافذة ويجلس على إفريزها، وينقر الزجاج إذا ما رآه ساكنًا لوقت طويل.

يبتسم أحمد: «الميت لا يوقظه النقر على الزجاج يا سان!»، ويطنُّ الهاتف بنغمة الرسائل من جديد، ويقرأ أحمد ما كتبت ريما: «أتذكر يوم ضغطت على يدي تحت ذلك الجسر الذي يعلن بداية المدينة ونهاية الريف، وقلت لي كوني صديقتي. اليوم هناك حاجز عليه رجال متعبون وجائعون وغاضبون... قد يوقفونك إذا عدت فلا تصل إليَّ! لا تأتِ بصورة مفاجئة! دعني أنتظرك في المطار. دعني أرك قبل أن يأخذوك. وإذا عبرت، سوف نركب الحافلة معًا، سوف أمسك بيدك طوال الطريق. أتذكر رحلتنا الأخيرة إلى الشام؟».

ابتسم أحمد للسؤال. يومها جلست ريما لصقه في حافلة نقل، تقلُّ ركَّابًا قلقين. على غير عادة ركَّاب حافلات المسافات الطويلة، لا أحد منهم أغمض عينيه. ونظرتْ نحوه، كأنما نسيت حالتها وابتسمتْ، بل ارتسم الفرح في عينيها، ثم انهمر الدمع، وضغط أحمد راحة يد ريما وتابعت الحافلة سيرها. كان كثير من العسكر على الطريق، وراح بعضهم يلوِّح لركَّاب الحافلة من فوق عربة

المدفع، أو من برج دبَّابة فوق ناقلة أتعبها الأسفلت الممتدُّ إلى حيث النساء يتَّشحن بالسواد. كانت حافلة تقلُّ جنودًا، اشتعلت فيها النيران، العسكر فيها منكبُّون على مقاعدهم قتلى. ومنهم من يجرجر جسده على هامش الأسفلت. كان الطريق مليئًا برجال واجمين وشباب غاضبين، وريما تمسك بيد أحمد على مقربة منهم. وتقول له: «هيَّا بنا ننزل ونسعف من الجرحى من نستطيع». لكنَّ السائق لا يوقف حافلته، رغم صياح الركَّاب. أحد ما يصيح مرتاعًا: مجانين. وكان مكبِّر الصوت أعلن منذ انطلقت الرحلة ألَّا وقوف في الطريق. لا وقوف قبل بلوغ الحافلة محطَّتها الأخيرة، حيث خطُّ النار. «لو يهطل المطر!»، قال أحمد لريما، «لو يغفو أحد من ركَّاب الحافلة فنغفو». كان يشعر كم أنَّ ريما متعبة ولكنها لا تجرؤ أن تغفو أيضًا.

ضغطت على يد أحمد وخيِّل إليه أنها تغفو، ثم رأى جفنيها يختلجان. لا عناق في الحافلات. قالت له هامسة: «هاتِ حقيبة تكون لأخي». كانت تعني أخاها المقاتل! كانت بيده حقيبة لا تثير ريبة الجنود. قال لها: «خذيها بما فيها». وترك ما فيها من أوراق. ليس الحبر هناك. هناك سرُّ الدروب بين النقاط. كل شيء نقطة وخط. راح يختبر ملايين الدروب بين نقطتين، لكنه لم يهتدِ إلى درب يستسلم له ويغفو مع اهتزاز الحافلة على الطريق، بعدما رأى من جثث وأشلاء، ولم تفد ثرثرته في زرع حلم جديد لدى ريما.

«ولكن ما الذي جاء بسان إلى زجاج الحافلة!؟ سان لم يكن في سوريا!»، هزَّ أحمد الصورة في عينيه ليختبر حقيقتها، فرأى سان ينفض عن جسده باقة ريش ويجرفها الهواء، ثم رآه يكتسي ريشًا جديدًا، ثم اختفى وما عاد رآه. نظر إلى أعلى فرأى المهرة مستلقية على سطح الحافلة، ترفع رأسها حينًا وتخفضه حينًا آخر، كأنما تقاوم النعاس.

- هل ستنزل أم سترجع معي إلى محطَّة المترو مرَّة أخرى، لقد وصلنا إلى المحطَّة الأخيرة!؟

استفاق أحمد على صوت سائق الحافلة يسأله، فتلفَّت حوله مضطربًا وصاح:

- بل أنزل.. آسف غفوت.

بدا له كأنه لا يعرف المكان، ثم تبيَّن أن عليه الركوب في طريق العودة أربعة مواقف، لكنَّه اختار المشي صوب السكن الجامعي.

3

بعدما أشبع عينيه من تأمُّل المباني والمحال والمقاهي التي يعرفها جيدًا، وصل أحمد إلى مدخل الوحدة السكنية، وفرح لأن شجرة البتولا التي زرعها من عشر سنوات ما زالت على قيد الحياة، مع أنَّ رأسها قد كسرته هبَّة ريح عاتية، ونمت عدَّة رؤوس بدلًا منه في سباق إلى السماء. وراحت الفروع المنطلقة من تلك الرؤوس تتمايل أمام شرفة نشر الغسيل في الطابق الثالث. لكنَّها شبه عارية اليوم من الأوراق.

كان داتو، حين كان هذا المبنى لا يزال عامرًا بالموسيقى والأمل، يترقَّب خروج ريتًا إلى هذه الشرفة ويستمتع برؤيتها تنشر ملابسها، ثم طلب منها ألا تفعل بعد أن باتت فتاته. لكن جذع البتولا الذي لا يزال نحيلًا ولا يصلح لحفر اسم ريما عليه مذبوح، كأنما حاول أحد ما قطع النسغ، والحجر الذي حفر السوري اسمه عليه ووضعه عند قاعدة الجذر لا وجود له. سيعلم أحمد بعد ساعات أن ذلك التيس الذي كان يأتي إلى باب المبنى، كأنما للقاء أحد ساكنيه، ربطه الحارس إلى جزع البتولا، فأدماها وكاد يقطع نسغها، إلى أن أفلتوه، فنطح الحارس وكاد يقتله.

خطا أحمد نحو الباب وفوجئ بقاطع إلكتروني لا يسمح له بالدخول، فراح يرجو الحارس، وهو نفسه موظَّف الاستعلامات، الجالس وراء الزجاج، السماح له بالدخول لأنه كان ذات يوم نزيل الغرفة 384 في هذا المبنى. طلب منه الأخير الذهاب إلى غرفة مديرة السكن والحصول على إذنها حين تأتي بعد ساعة من الآن. سأله عن اسم المديرة، فتظاهر بأنه لا يسمع. رجاه الخروج من قفصه الزجاجي ليحدِّثه عن أمر مهمٍّ، فخرج غاضبًا كأنما للقتال.

مدَّ السوري يده:

- السلام عليكم أولًا، تفضل، هذا جواز سفري، أنا سوري، خمس سنوات ونصف يا عزيزي أمضيت هنا، ولكن من زمان! هلَّا سمحت لي بالدخول؟
- سوري!! أنت ممن دمَّروا بلدهم... وتقول سوري من دون خجل!
- بل دمَّروها فوق رؤوسنا...
- أعرف هذه الأسطوانة، أعرفها. يبدو من وجهك أنك شخص طيِّب، ولكنك أحمق حتمًا إذا كنت لم تدرك بعد أنكم دمَّرتم بلدكم.
- أرجوك، لم آتِ إلى هنا لتهينني.. جئت لمساعدة صديق.
- بماذا أستطيع مساعدتك؟
- هل بقي أحد ممن كانوا يعملون من عشر سنوات هنا؟
- «في المبنى المجاور»، وأشار إلى الجهة الأخرى من الشارع، «نُزل صغير تديره امرأة كانت تعمل هنا، اسمها داشا، ربما كنت تعرفها... اذهب إليها. إذا كنت تريد أن تزور غرفتك، ادخل، تفضل، أنا أحزن عليكم أنتم السوريين، وأحبُّ سوريا.. لا تحسبني شريرًا، لقد عملت هناك في بناء سدِّ الطبقة في شبابي».
- داشا، الفرَّاشة... المسؤولة عن تبديل الشراشف والـ...
- كانت، كانت. الآن هي مديرة ذلك النزل، وتملك نصفه، كما قيل، مع رجل يهودي طيِّب، ربما كنت تعرفه، كان يعمل هناك في المعهد، وأشار إلى اليمين.
- أتتحدَّث عن فولوديا؟
- نعم فلاديمير... تعرفه إذن.
- نعم. نعم، كم هو رائع أنهما هنا! شكرًا جزيلًا. سأعود بعد أن أراها.
- فلاديمير ليس هنا... يعيش الآن ربما في إسرائيل. تعال مع داشا... أنا أحبُّها.

- حسنًا.. وسأجلب زجاجة فودكا من أجلك... ولكن تذكَّر أنني لم أدمِّر بلدي.
- «لست أنت شخصيًّا!»، قالها العجوز ضاحكًا، ربما للزجاجة.

فرح أحمد كثيرًا لخبر وجود هذه المرأة الطيِّبة المتواضعة الجمال، والتي لم تقل «لا» لرجل تودَّد إليها، ممن أعرضت عنهم فتيات السكن الجامعي، فكانت تفتح لهم، من أجل ألا يحزنوا، ساقيها بحنان، ولكن تأوُّهاتها كانت تملأ المكان. المرأة التي طالما بحثت عن الحبِّ ولم تجده في ذلك الزمان، والتي تعرف الجميع، وتعرف ريتًّا جيِّدًا، ولعلَّها تعرف كيف يمكن الوصول إليها، ومن يدري! فقد تعرف بقصَّة ريتًّا مع عازف الغيتار.

اتَّجه صوب المبنى الموصوف. ولكنه بعد خطوتين، توقَّف وكتب لريما: «أشعر كأنني بُعثت من جديد. ما زال هناك من أعرفه في السكن الجامعي. ريتًّا لن تموت. هل من جديد. طمئنيني؟».

في طريقه إلى النزل، وقف عند البتولا التي زرعها ذات يوم، ومرَّر يده على الندبة التي خلَّفها الجرح على جذعها حزينًا، سائلًا نفسه: «هل مكتوب على جبيني أن أزرع شجرة أخرى.. شجرة ولكن ليس بتولا، شجرة تكون قادرة على السفر... لم أكن أعرف ريما حين جئت حاملًا حقيبتي المليئة بثيابٍ مستعملة، تبيَّن أن شيئًا منها لا يصلح لهذه البلاد، وزرعت البتولا، لماذا أشعر بالغربة عن هذا المكان! لا أريد رؤية غرفتي، وداشا بمجرد أن أعرف منها ما تعرفه عن ريتًّا، سأشكرها وأرجع إلى بيتي».

توقَّف أحمد عن المشي حين قبض على لسانه متلبِّسًا بقول «بيتي»، وكان يعني المبنى الموسكوفي المهجور، وسرت في جسده قشعريرة من أن تكون هذه هي الحقيقة، وأن تنتهي حياته في ذلك المبنى، ثم ابتسم قائلًا في نفسه: «ليكن ما يكون!»، واتَّجه صوب مقعد خشبي أخضر، أمام النزل، بعدما سأل عن داشا هناك، وقيل له إنها خرجت في أمر وستعود بعد حوالي نصف ساعة. في انتظارها، تمدَّد السوري على المقعد، ودارت به الدنيا، وطار فوقه قريب لسان.

رأى أحمد نفسه ينفصل عن المكان ويسقط في هوَّة سحيقة، لكنه لا يفقد وعيه رغم سرعة هبوطه وصفير الريح في ملاقاته، فيتساءل، حين يرى نفسه عاجزًا عن بلوغ ريما: «هل أخطأت في تقدير مسافة الهبوط، أم أنني لم أقدِّرها قبل أن أقفز في الفراغ؟ تبدو لي ابتسامتكِ يا ريما قريبة فأقفز إليها، وإذا بها على شرفة صخرة وبيننا الفراغ، وفي الأسفل البعيد صخر وشقٌّ ضيِّق معتم الماء. وأسمع صوت الهواء صاعدًا في ملاقاتي كصفَّارة إنذار، ويأتيني صدى صوتك مرتدًّا عن صخر القاع».

يسمع أحمد ضحكات في الأسفل وصوت مذيع أخبار، يتحدَّث عن الموت، ثم تنقلب الموجة إلى برنامج يتسلَّى بالتطاول على العابرين بدعوى خفَّة الدم، ويقدِّم نصائح لربَّات البيوت والسائقين. فيقول: «صباح الخير للمستمعين. ننصح الأخوة السائقين بتوخِّي الحذر على الطرقات، خاصة في ساعات الصباح الباكر والمساء. يخيَّل إليكم أيها المستمعون أنكم تعرفون داتو... اصغوا إليّ قليلًا، وتوقَّفوا عن مضغ الطعام، ارمِ ملعقة الملح من يدك سيِّدتي. اشربوا قليلًا من الماء وأنصتوا. داتو، يروح ويجيء أمام نافذة ضابطٍ، صرخ في وجهه، أمس، أمام سائق عربة صغيرة. داتو يريد ردَّ الإهانة، ويضمر شيئًا خطيرًا فتتبَّعوه. لا أحد يغادر مكتب الضابط ولا هو يدخل إليه، لكنه لا يفكُّ عينيه عنه. يرتبك الضابط ذو الكرش الكبيرة وينظر إلى داتو بقلق ثم خوف، ويحاول الابتعاد عن عينيه إلى زاوية وراء الخزانة الحديد، لكنَّ ذلك لا يفيده لأنَّ عيني داتو تلتقطانه وتمسكان بالخوف المرتسم في عينيه. وها هو سان، يا أخوتي المستمعين يروح ويجيء أمام زجاج مهندس الصوت، بل هو ينتقل إلى نافذتي. لا تقلقوا سيُشوَّش الصوت، وربما ينقطع الإرسال قليلًا».

ويعود الصوت من جديد: «عدت إليكم سادتي المستمعين. ها هو السوري يطلب لنفسه طبقًا من حشائش البحر المخلَّلة مع العرق وبعض الليمون المقطَّع مع الملح». ويصرخ أحمد معترضًا:

- أين رأيتني أفعل ذلك يا ابن الخنزير؟ نعم أحبُّه ولكنك تكذب!

ويندغم صوت أحمد مع صوت أمواج البحر، ويتماهى الضوء مع الماء. أرأيتم كيف يبتلع الماء البارد أشعَّة الشمس ويعيدها بريقًا ضاحكًا إلى السطح! ويطلب السوري لنفسه خيارًا مخلَّلًا وقرونًا من الفليفلة الخضراء الحريفة، بل الحريفة جدًّا. ويعود إلى العشق بين الجليد والماء الدافئ، ويقول للمذيع:

- لا جليد يعلو سطح النهر في بلادي أيها الكاذب، إنما هناك جليد في الدار. لا تنصح أمِّي بشيء أيها الغبي. أمِّي ماتت ولن تأخذ بنصائحك.

كانت خالة السوري، التي لم يخلُ صباح ومساء من طلَّتها، تخشى عليه من البرد، فتأتي لتكسر قشرة الجليد عنِ سطح البرميل، من أجل أن يغتسل بالماء البارد قبيل أن يغادر إلى مدرسة شبابيكها ذات قضبان. تأتي وتذهب في اليوم الواحد عشر مرَّات، من أجل أن تطمئنَّ إلى أن البسمة لا تزال على وجهه، ولم يذهب بها اغتساله المتكرِّر بالماء البارد. لم يقل لها أحد: «أحبُك وأريدك أيتها الفتاة، أحبُك أيتها المرأة»...

وها هو المذيع المستهتر بالفقراء يقول هازئًا: «هههه، انظروا أخوتي المستمعين، الضابط يخاطب داتو، فيما داتو يبصق على زجاج الضابط ويتابع طريقه إلى مكان ما، بل إلى حيث يظنُّ أنَّ ريتًا وعازف الغيتار مختبئان. لو قتل داتو كلَّ عازف غيتار، سيقتل نصف شباب روسيا. لو كان شباب سوريا يعزفون على الغيتار لما تذابحوا أيها السوري. ألم تفكِّر في الأمر؟ أعود بكم إلى داتو. لم يعد يفصله عن الرجل والمرأة اللذين ليسا ريتًا وعاشقها إلا كيلومترات قليلة، وها هو صديقه السوري يحاول منعه من القتل، فيُخرج إحليله ويبول على الطريق، لأن داتو لن يقطع ترعة صديقه».

وينادي السوري صديقه القوقازي:

- ابقَ معي يا داتو، لا تُصغِ إليه! تخيَّل يا داتو أن تُمضي امرأة حياتها من دون أن تسمع كلمة حبٍّ من رجل، أو تعبيرًا عن رغبة فيها من ذكر. كانت خالتي امرأة قويَّة وحنونة، لو أنجبت لملأت نصف غرفة الصفِّ

بشجعان ثابتي العزيمة. الرجل الحنون أكثر عزيمة وقوّة ويذهب إلى الموت مفتوح العينين، من رجل لا يعرف الحبَّ والحنان. كانوا قُتلوا جميعًا يا داتو في هذه الحرب الملعونة. حسنٌ أنها لم تتزوَّج ولم تنجب.

وراح أحمد يتخيَّل أولاد خالته التي كسرتْ قشرة الجليد من أجل وجهه، مئات المرَّات، وأعدَّتْ من أجله الزلابية والسلق بالبرغل مرَّات... لكنه لم يرهم في غرفة الصفِّ. اليوم، بات يعرف لماذا جعلوا الحديد على نوافذ غرف الصغار. ويراها تقف بالباب وتبتسم له، لكن صوتها يضيع مع زعيق المذياع. فيصيح:

- أوقِفوا إذاعتكم أيها السفلَة، تتسلَّى بنا وتغضَّ النظر عن أخبار الموت الكبرى. نصف شباب بلدتي وراء قضبان المدرسة. إنهم أولئك الصغار الذين شربت وإياهم الحليب حين كنَّا صغارًا... كان أحد ما يرسله من أجل أن نبقى على قيد الحياة، من جهة الشمال. لماذا كبَّلوا أقدامهم بالأصفاد، أيها المذيع المأجور؟! لماذا لا يتركون أمَّهاتهم تحشر لهم «قضُوضات» الزعتر من بين قضبان النافذة كما كنَّ يفعلن حين كان أولادهن صغارًا؟ ويسيل زيت الزيتون على مريلة الخاكي، ويتضاحك الصغار. لماذا لا يأتي إليهم أحد بالشاي المحلَّى بكثير من السكَّر، مع الزعتر؟ لا أحد يسأل لماذا هؤلاء الفتية والشبان هنا، أيها المذيع «المتفصحن»، هنا ينتظرون أن تُحدث قذيفة ما ثقبًا في جدار غرفة الصفِّ فتخرجهم؟ تخيَّل قذيفة رحيمة تفتح لهم نافذة من دون أن تقتلهم! أترى أيها المذيع هذه المرأة التي ما زالت في عقدها الثامن تنتظر من يقول لها أحبُّك، لقد جاءت لتنقذ ولدًا لي حشروه هناك. أقول لها: «لا ولد لي، لم أنجب أحدًا من أجل القضبان». فتجيب، باسمة: «لا أصدِّق! لا بدَّ من أن تكون قد فعلت من أجل كسر القضبان».

بحلق أحمد في عين المذياع، ليُري المذيع غضبه:

- أترى أيها المتحدِّث عن الأشياء التافهة لكي لا تتحدث عن القهر، هي على ثقة من أن لي أولادًا هنا وهناك. فأجيبها: «حسنًا، ولكنني لا أستطيع أن أفصح عنهم من أجل كرامة النساء». فتضحك وتخبرني بأن مجنون الضيعة قال لها «أريدك» من نصف قرن، ودعاها أن تتزوَّجه، وأنها نادمة لأنها لم تقبل الزواج به. لكنه لم يقل لها «أحبك»، لذلك لم تقبل به. فلقد أعادت بحسرة كلماته التي قالها لها ذابل العينين، خجول الضحكة: «أنت وحيدة وأنا وحيد. خلِّينا نعيش مع بعض!». يومذاك رأيت حزنًا حقيقيًّا في عينيها، كانت تخفيه عني فيما قبل. تهدَّج صوتها وهي تقول: «قوله زادني إحساسًا بالوحدة والوحشة، وجعلني أكرهه بعدما ظننت أنني بدأت أحبُّه. أصلًا لم أتزوَّج لأنَّ أمِّي قالت لي: 'أتتركيني وحيدة وتروحين مع رجل غريب!؟'. بل، أنا أكذب، فلو قال لي رجل أحبُّك ما كنت اهتممت بقول أمِّي. أبي مات بعمر الأربعين وترك أمِّي، كانت فقدت أربعة من أخوتي. ربَّيت الباقين مع أمِّي المسكينة حتى كبروا ونسيت حالي والناس نسوني. ولمَّا كبروا كان وقت الحبِّ فات»... حينذاك، كنت صغيرًا، ولم أكن قادرًا على إدراك مأساة خالتي بعد، أم أن نداء اللهو شغلني عن سرِّ عينيها الحزينتين!

وها هي تأتي. يداها الدافئتان، رغم الجليد، تحملان شيئًا مما خبزته، إلى سور المدرسة حيث عسكر غرباء مدجَّجون بالسلاح والأسئلة الأشبه بالغبار، ينتظرون شيئًا لا بدَّ من أن يحصل هنا اليوم، تأتي لتليِّن قلوبهم بالخبز الساخن والفطائر، وتكتشف أن الأوامر أقوى من الخبز. ومع ذلك، يضحكون للأرغفة الساخنة، ثم يطلبون منها أن تأكل قليلًا من هذه الأرغفة قبل أن تنصرف عنهم، مُشيحةً بيدها عن الحديد. يخشون أن تكون قد دسَّت السمَّ في الخبز.

العسكر دائمًا غرباء ودائمًا ينتظرون شيئًا ما يأتي به البارود وشحم السلاح. تزغرد الأمهات وتزرقُّ وجوه الآباء. لم يكُ أحد يقتلع الزعتر من جذوره بعد. النسوة كن يقطفنه برؤوس أصابعهن برفق.

ويعود المذيع إلى حديث عن فوائد المعطِّرات في السيَّارات، فيخاطبه السوري:

- اطلب لي طبق زعتر مع الجبن البلدي! أيها المذيع. افعل شيئًا مفيدًا وآتني بزجاجة عرق أخرى، فها أنا أتصنَّع مثلك ابتسامة ودٍّ. ولكنني، خلافك، أرفع نخب الفقراء. أريد بيضتين مقليَّتين وطبقًا من المكدوس.

يضحك المذيع. يضحك كثيرًا، ولا أدري علام يضحك وممَّن. حسبته سيقطع برنامجه السخيف ليسخر من السوري، فيقول:

- في المطعم تطلب بيضًا ومكدوسًا. ما رأيك بكوبٍ من الحليب!؟

فيجيبه أحمد:

- نعم أريد، وداتو أيضًا يريد. لو كنتَ إنسانًا لعرفت معنى ذلك. سيكون رائعًا أن يكون لديك صديق كداتو في غربتك. إنما أمثالك يصنعون الغربة ولا يعيشونها، أو هكذا يُخيَّل إليهم.

«أعزائي المستمعين»، عاد المذيع يثقب أذني السوري، «احذروا! هناك رجل مسلَّح يلاحق امرأة، لقد رأته وهي تسقي الأزهار في حديقة المنزل، فابتسمت أوَّلًا، ثم ملأت صدرها بالهواء، وفرَّت عبر أسيجة حدائق الجيران. ظنَّها ريتًا وهي ليست ريتًا. لكنها على ما يبدو تشبهها. لقد تمَّ طلب الشرطة، ودوريَّاتها المسلَّحة في طريقها إلى المكان. لا تقلقوا، ولكن توخُّوا الحذر».

4

يصرخ فوق المقعد الأخضر سان. «ما الذي جاء بك إلى هنا يا سان!؟»، يسأل أحمد نفسه أثناء شروده، ويرى ريشتين تسقطان من جناحي الغراب، ويخرس المذياع. وينده السوري قلقًا: «أَمِنَ الجناحين يا سان؟!». ثم يصمت. ويحمل الريشتين إلى المحبرة وقد امتلأت بالأحمر. ويمشي سان نحوها متثاقلًا. فترتجف في يد السوري الدواة. ويسمع هدير طائرات، فيترك الدواة لسان، ويخرج إلى مصطبة الباب، وهناك يتسلَّق موجات الهدير، واحدة، ثانية، ثالثة... ويحصي منها إحدى عشرة قبل أن يشعر بالدوار. ويرى المهرة تدور على مسلَّة فوق هرم القرميد. ويسمع صوتًا ضاحكًا من تحت. فيرى داشا التي ينتظر قدومها على المقعد، تحضر اللحم من أجل حفلة شواء، وتنتصب زجاجات الفودكا والنبيذ على الطاولة في قبو المبنى المهجور، وتقول في فرح عجيب: «أنا عاشقة يا شباب. قال لي رجل رائع «أحبُك»، كل الذين عطفت عليهم لم يقولوها، باعدت من أجل أن يشعروا برجولتهم وإنسانيتهم فخذيَّ، وأشعلت فيهم نار المتعة، ولم يقل أحد منهم «أحبُك»... سيأتي حبيبي ليتعرَّف إليك يا أحمد بعد قليل». وإذا برجل نحيل يحمل غيتارًا يدخل القبو، ويجلس على كرسي وضعته داشا من أجله قرب الباب كأنما ليتمكَّن من الهروب، إنه عازف الغيتار نفسه الذي أغوى ريتًا. ونظر أحمد صوب داشا متسائلًا:

- ولكن عازف الغيتار مع ريتًا!

فضحكت داشا، وقالت:

- بل معي أنا. وهو لي.

وبدأ أحمد بملء الأقداح، فسأله عازف الغيتار:

- هل لديكم حليب؟

ظنَّه السوري يمازحه، فسأله، مع قهقهة داتو، وقد ظهر داتو فجأة على رأس الطاولة:

- أنت تريد رضَّاعة إذن! أترى يا داتو أي رجل هو!؟
- بل أريد أن أشرب. لم أعد أشربُ الكحول.

أجاب عازف الغيتار، فسأله أحمد بدهشة، ولكن بجدِّية تخلو من السخرية، وكتم داتو ضحكته:

- كيف لرجل عاشق ألا يشرب!؟

وكم كانت دهشة داتو كبيرة حين قال عازف الغيتار:

- أنتما تريدان قتلي!

فمدَّ داتو يده، في إشارة إلى أحمد تطالبه بالصمت، وقال مطمئنًا، بنبرة كلها جدِّية وعطف:

- يا رجل! هل من عاقل يقتل مجنونًا وعاشقًا فوق جنونه! هدِّئ من روعك، فلن يقتلك أحد.

ولكن عازف الغيتار نظر نحو أحمد مستنجدًا، وقال:

- أشعر بأنكما ستقتلان داشا.

ونظر داتو نحوه ثم نحو السوري، متسائلًا:

- من هذه الداشا؟!! لعله يقصد ريتَّا؟

ظهرت ريتَّا في المكان، فخرجت عينا داتو من محجريهما تنتزعان منها جوابًا بعينه:

- أيقصدك يا ريتَّا؟!!

لم تُجب ريتَّا، بل اتجهت إلى الثلَّاجة ثقيلة الخطو، كأنما فقدت عشر سنوات من عمرها في دقيقتين، وأخرجت من هناك حمامة مذبوحة، فصرخ داتو:

- من جاء بهذه الحمامة إلى هنا؟ ليس سان من قطع عنقها، ولا هو وضعها في الثلَّاجة. أنت إذن يا صاحب الغيتار اللعين!

وعاد طنين الراديو، ثم صوت المذيع: «أعزائي المستمعين، بدأ داتو بإطلاق النار، فالزموا منازلكم، ريثما يفرغ مسدَّسه من الرصاص. الشرطة على مقربة منه، وقد تضطرَّ إلى قتله. رغم أن المرأة التي يظنُّها ريتًا تركض مبتعدة عنه راجية ألَّا يقتلوه: «لا تقتلوه أرجوكم! هو بالتأكيد مخطئ، ويريد قتل امرأة غيري. هذا الرجل قتيل فلا تقتلوه مرَّة ثانية!»».

خفق قريب لسان بجناحيه فوق رأس السوري المطمور بين راحتي يديه الباردتين، وسقطت على رأسه ريشة صغيرة منه، فنظر إلى المذيع، وأخذ منه الميكروفون:

- أنا أحمد السوري، صديق داتو، أطمئنكم إلى أنَّ داتو لا يريد قتل أحد. لا تقتل هذه المرأة يا داتو. إنها ليست ريتًا. لا تقتلها أرجوك!

راحت مكبِّرات الصوت، تذيع صوت داتو:

- سيسخرون منِّي يا سوري. سيتحدَّث عني ابن العاهرة في الإذاعة، وسيعرضني التلفاز مستسلمًا، مطأطأ الرأس! يا إلهي إنها حبلى! لن أقتلها، سوف أكمل عنها سقاية الزهور.

رأى أحمد خالته، التي لم يقل لها أحد «أحبُّكِ»، تدخل إلى غرفة الصفِّ. تضع «قضوضات» الزعتر في أيدي الصغار القتلى الممدودة من تحت الركام. لكنَّ أحدًا لا يقبض عليها، ويسيل على الأصابع زيت الزيتون. تدور المهرة على سطح المبنى المهجور. تدور أسرعَ فأسرع على مسلَّة السطح. تكاد تتحوّل إلى مروحة وتطير بالمبنى القرميد بعيدًا عن السوري وعن داتو وسان.

سمع أحمد صوت بكاء داتو، فشعر بالفرح، وقد أوحى له بكاء صديقه بالرحمة، وبأنه سيبقى وريتًا على قيد الحياة. سمعه يشتم ماسحًا دمعه، وسمع صرير أسنانه، فقال له:

- لا تخجل من دمعك يا داتو! ولا تنقلب على روحك! فالرجال أيضًا يبكون، جميعهم يفعلون، ولكنَّ بعضهم يفعل ذلك بصمت، لوهمٍ أنَّ الدمعَ يغسل القوَّة المرسومة على وجوه الرجال. يذيبها، فيبدو الحنان.

- أنت تعلم أنَّ حنان الرجال في قسوتهم! لكنك لا تستطيع...

شعر أحمد بيد داتو تكاد تُفلت السلاح، فقال:

- أنت رجل تطفح عيناه بالحنان، فلا تمثّل القسوة، ولا تقتل ريتًا من أجل أن يقال عنك «رجل»، كل من يقتلون في بلدي يمثّلون الرجولة يا داتو.

- «لو سمحت، انهض من هنا! هذا المكان أمام الفندق ليس لنوم السكارى»، سمع أحمد صوت امرأة وشعر بيد تهزُّ جسده.

- آسف. لست نائمًا أو سكرانًا!

- كأنني أعرفك. أهذا أنت حقًا! أحمد السوري، لا أصدِّق! اليوم بالذات تذكَّرتك. اليوم عندي عيد، تعال ادخل تعال، فقد وجدت أخيرًا من يحبُّني حبًا حقيقيًا، كنت تقول لي دائمًا إن الحبَّ سيأتي من كل بدٍّ، ولكنه لا يأتي بالطريقة التي تبحثين عنه بها، ولكنه جاء، هههههه. تعاااال! دعني أضمَّك.

بعد عناق، تبعها السوري، وراح يتفحَّص النزل كما لو أنه يبحث لنفسه وريما عن غرفة ينزلان فيها على مقربة من البتولا والطريق إلى الغابة.

حطَّت حمامة بيضاء على طنف النافذة في بهو الاستقبال هنا، وحطَّت مثلها على شرفة نافذة ريما. وفتحت ريما درفتي نافذة المطبخ، وملأ الفضاءَ صوتُ بائع جوَّال، وفتحت يديها مطلقة رائحة الزعتر وزيت الزيتون ليأتي بأحمد من بعيد.

- أين شردت؟ ما بك؟! هل نسيت شيئًا؟ غريب أمرك، لم تتغيَّر، كنت تشرد حتى حين تكون معي في السرير. أتذكر؟ ههههه، يصعب عليك توقُّع من هو حبيبي. إذا بقيت عندنا اليوم سأعرِّفك إليه.

- أهو الشخص الذي كان يقسم الشرشف المتَّسخ نصفين ليحصل على شرشفين نظيفين؟!

- يا لك من شرِّير!

- ولكنك كنت تفرحين لقدومه إلى غرفتك.
- نعم. كان فحلًا. أنا أعرف الفحول من عيونهم، هل أعجبك جوابي!؟
- أعجبني، لا تغضبي. إنما جئت من أجل ريتَّا.
- ريتَّا الألمانية؟
- نعم. التي كنا نسمِّيها ألمانية. صديقة داتو، أعني زوجته.
- لن أخبرك شيئًا عنها، داتو الشرير أرسلك؟
- بل داتو لا يعرف أنني هنا، أريد أن أحميها منه. أشعر بأنها مظلومة.
- لن تستطيع رؤيتها، ولن تعرف أين هي.
- لا أسعى لرؤيتها إنما لحمايتها، أريد طمأنة داتو ليتراجع عن قتلها وقتل نفسه.

قال أحمد ذلك وقد اطمأن إلى أن ريتَّا بخير، وأن داشا تعرف عنها كل شيء، وهي ولا بد ستخبره بقصَّتها مع عازف الغيتار.

- لحظة، داشا أرجوك، يجب أن أكتب رسالة.

كتب أحمد: «سيتوقَّف زعيق سيَّارات الإسعاف يا ريما. قريبًا سيتوقَّف. أعدك. أنا أعرف عمَّا أتحدث».

- لن أخبرك شيئًا، قبل أن تخبرني أنت ماذا يريد منها داتو المجنون، لقد جعلها تترك كل شيء وتهرب إلى آخر الدنيا، وهي حبلى.
- مع عازف الغيتار؟
- ها أنا الثرثارة بدأت أتحدَّث! لن تخدعني، مرَّة أخرى، لن تعرف مني شيئًا.
- طيب، لا تغضبي، دعينا من هذا الآن، وحدِّثيني عن صديقك الجديد.
- بل حبيبي. تعال أريك غرفتك التي ستمضي فيها هذه الليلة. في الثامنة مساء يأتي حبيبي فأعرِّفك إليه ونشرب كأسًا بمناسبة قدومك.
- لا أفكِّر في المبيت الليلة هنا. لم أكن أتوقَّع رؤيتك.
- لن آخذ منك أجرًا لا تقلق! ههههه.

- لم أكن أتخيَّل أنني سأعود إلى هنا. لكنها الحرب اللعينة. آه يا داشا لو تعلمين كم من أصدقائي وأقربائي قُتلوا في هذه الحرب. ثمانية وثلاثون من عائلتي فقط. يخطر في بالي أحيانًا أن الحرب لم يكن لها أن تنشب لولا الكذب. الحرب تقوم دفاعًا عن الكذب وتؤسس لكذب جديد. هل توافقينني يا داشا؟
- ليس لي في هذه الفذلكات يا سوري. ما أعرفه أن ريتًا امرأة لا تكذب، أنت تعرفها تعرف صفاء عينيها. روحها مثل عينيها. لا أذكر أن ريتًا كذبت يومًا في شيء جدِّي، مع أن الكذب على داتو المتخلِّف واجب.
- ولكنني لا أتحدَّث عن ريتًا!!
- أشعر بما تعنيه. وأنا بطبيعة الحال لا أحبُّ الكلام المنمَّق، ولن أدافع عن شيء لا يعنيني. عدني بأنك لن تخبر داتو.
- أخبره بماذا؟ أعدك. أعدك ولكن...
- لا تقل ولكن.
- أريد فقط أن أعرف لماذا هربت من داتو، لماذا هجرته إلى عازف الغيتار إذا كان الأمر كذلك؟
- أي عازف غيتار، وأي شيطان؟ هي ليست معه.
- وأين هو؟
- لا أعرف. صدقني لا أعرف.
- هل عرَّفتِ ريتًا إلى حبيبك؟
- نعم، باتت عندي ليلتين قبل سفرها إلى الأورال... يا لي من حمقاء، هل قلت شيئًا؟!
- عفوًا لحظة، وصلتني رسالة.

قرأ أحمد: «لا أحد يستطيع إيقاف زعيقها. أثق بك، ولكنك تعد بشيء صعب للغاية. العلَّة ليست فيها. ينقلون جثث الفقراء في الجرَّارات، هي فقط للضباط وأبناء العائلات المعتبرة. الأغنياء لا يُقتلون يا أحمد».

- قلتِ إنها باتت عندك ليلتين.
- وكان سلافا هنا، اسم حبيبي ستانيسلاف، وقالت إنه يشبه بيساريون. فرحت لأنه أعجبها.
- بيساريون؟! هل هو نفسه الذي يسمُّونه المسيح الدجَّال، وله أنصار.
- ريتًّا قالت إنه ليس دجَّالًا. لديه أنصار كثر.
- ذهبت إلى مدينة الشمس في سيبيريا؟
- وما أدراك بها؟ يا لك من شيطان!
- لا. فقط قرأت عنها. يقولون إن هناك شعراء وموسيقيين ورسَّامين يعيشون في بيوت لا تغلق أبوابها بمفاتيح، وليس لدى أحد منهم مال، فقد باعوا كل ما يملكون وسلَّموا لسيِّدهم بيساريون المال، ولا يحقُّ لهم التواصل مع العالم الخارجي إلا عبره، عن طريق هاتف وحيد لديه.
- صحيح، ولذلك فلن تستطع التحدُّث إلى ريتًّا. يا لي من حمقاء، لو تركتك تنام معي كان أهون ألف مرَّة. قلت لك إنها هناك من دون أن أشعر.
- يا له من عالم مجنون! ويا لحماقة صديقي داتو! كم كانت ريتًّا جميلة، وكم من المؤسف أن تقضي بقيَّة عمرها في أخويَّة وسط معتوهين. أتذكر، كم حلم داتو بصبيٍّ منها يحمل اسمه ويحمل حبَّه لها. عفوك داشا، دقيقة لأكتب رسالة.
- أنت عاشق؟!
- نعم... دقيقة واحدة.

كتب أحمد لريما: «ريما، سمعت صوت رصاصة، وها هي عدَّة إطلاقات أخرى تدوِّي. هل أطلق أحد النار على بيتكم؟ طمئنيني أرجوك. لا تتأخَّري في الردِّ».

- نعم كان داتو يحبُّها بجنون، ولولا حبه المجنون لما فكَّر في قتلها.

- وهي كانت تحبُّه، وتحافظ على الجنين في بطنها رغم كل ما حصل.
- حامل!!؟
- وهل داتو لا يعرف؟!
- لا... لا أظنُّ. حدِّثيني يا داشا، هل ما زال أصحابنا على قيد الحياة؟ أعني الذين كانوا معنا في السكن الجامعي.
- ولماذا يجب أن يموتوا؟ ما زلت شابًّا يا سوري؟ لم يمت سوى بوريس. شنق نفسه بعد أن سافرتَ.
- بوريس الذي كان خدم إلزاميته في معسكرات الاعتقال، وكان يتباهى بأنه كان يجبر المعتقلين على الاصطفاف بالرصاص.
- نعم. هو بوريس... شنق نفسه.
- طيب يا داشا، سأتركك لعملك وأتمشَّى في الحديقة، ريثما يأتي حبيبك.
- لا تخبر داتو بمكان ريتًا، أرجوك.
- لن أخبره. أعدك.
- تعال أقبِّلك.
- تعالي أضمَّك يا داشا الغالية. بالمناسبة، أنت أجمل اليوم مما كنت قبل عشر سنوات.
- تعجبني يا سوري. كم مؤسف أنني لم أزر سوريا قبل الحرب!

وصلت رسالة من ريما، قرأها أحمد وهو في باب النزل. «الناس يقفون طابورًا عند باب المشفى للتعرف على جثث أولادهم. لا يسلِّمون الجثة من دون تعهد بعدم تأبين الضحية وعدم ذكر كيف مات. أكاد أجنُّ». أرجأ أحمد الردَّ، فلم يكن لديه ما يقوله.

5

اتجه أحمد نحو حديقة عمقها غابة، وراح يسير في دروب يعرفها بين الأشجار، نصفه يتشبَّع بسمفونية ألوان الخريف الساحرة والنصف الآخر يرى برَّاد موتى يركض في الشارع، ثم يقف لاهثًا على إشارة المرور، وامرأة تصنع فقاعات تسبح فيها أسماك على شرفة بيتها المشبَّكة بالقضبان، فيلقي الرجال خيوطهم نحوها ويطيرون، ثم في وسط الشارع يسقطون، والناس يخرجون عراةً إلى الشارع، لأعضائهم أشكال غريبة ينقضُّ عليهم من السماء الحمام، ويصفِّر شرطيُّ المرور ليعبر برَّاد الموتى إلى الجهة المشمسة من الشارع، فهو لم يعد يحتمل الجليد.

وامرأة في قاعة المسرح، ما إن يبدأ الممثِّل يغنِّي حتى تجهش بالبكاء. ما الذي جعله يذكِّرها بأنها «لن ترى حبيبها بعد اليوم ولن تنساه مدى العمر»، يا لها من أغنية حمقاء. يتوقَّف الممثِّلون عن التمثيل. يجلس أحمد في الكرسي المجاور لكرسيِّها، ويحيطها بذراعيه فيزداد بكاؤها. ويأتي الممثِّل المغنِّي ويقول لها مهدِّئًا:

- هذا كله تمثيل!! لا تأخذي الأمور على محمل الجدِّ... كل شيء وكل أحد قابل للنسيان.

فتحاول أن تقول له:

- ولكنني فعلًا لن أراه، ولن أنساه. ليتك لم تقل لي كل شيء قابل للنسيان، كنت ممثِّلي المفضَّل. كنت!

يرى أحمد، فيما دروب الغابات تُفضي إلى بحيرات يرصِّع سطوح الماء فيها بساط مزركش من أوراق الخريف، يرى رجالًا ينفخون في الأبواق ويضربون على الصيجان، وقد رتَّبوا أمامهم في حديقة عامَّة توابيت القتلى في صفوف... وراح القتلى يصغون إلى عزف صاخب مديد.

ويرى العازفين يغادرون آلاتهم، وتتابع الآلات من تلقاء نفسها العزف للتوابيت، ويرى صديقه سان يحشر نثرة خشب صغيرة في ثقب قفل باب المبنى المهجور، ثم المهرة تعود إلى السطح، وكان أحدٌ ما قد كسر المسلَّة فاتجهت صوب أحمد ولم يعرفها، فسقط قلبه ورفعته.

كانت أحشاء البحر معلَّقة في الهواء، وبدا قاع البحر مضحكًا من كثرة ما يرتجُّ من تحت، وسان هناك يبني عشًّا بين غلاصم قرش، وداتو على طنف نافذة تحت الماء، يتأمَّل السماء بالمقلوب، في انتظار سيَّارة جيب تلقيها طائرة وفيها حبيبته ريتًا وعازف الغيتار! كلما فتح فمه نادِهًا «عودي» تخرج فقاعات هواء بدل الكلمات، ويركض الصغار لاصطياد الفقَّاعات على أكمام كنزاتهم الصوف.

والصغار الذين كان يضجر أحمد خبطهم للكرة على أبواب الحوانيت الصاج، ثم تنفرج روحه حين تعلو ضحكاتهم، تصطكُّ أسنانهم من البرد، جاؤوا بهم إلى مأوى جعلوه في قبو معصرة زيتون، ولا آباء يشترون لهم الدفء، ولا أمَّهات ينسجن الكنزات.

يندە أحمد: «يا الله! جد لي طريقة لجعل القلوب تقهر الصقيع وتنشر الدفء». ولا ماء. النار هناك والنار هنا، والكبار بانتظار الشواء، ولا دفء.

يصلِّي نصف أحمد من أجل أن يهطل الإله، ونصفه الآخر يجمع باقة من أوراق الدلب لداشا التي سيعرج على نُزلها في طريقه إلى محطَّة القطارات، فقد قرَّر ألَّا يبيت الليلة هنا، كي لا يضعف أمام جسد داشا ولا يضعفها. وقال في نفسه:

- ألم تسمع عن نقطة اللاعودة في الطيران أيها السوري؟ لماذا لا ترجع، قبل فوات الأوان؟!

***

يعود أحمد إلى النزل بباقة الخريف، فيرى رجلًا نحيلًا أصلعَ لامع العينين، ويخمِّن أنه حبيب داشا. يبتسم الرجل مع دخول أحمد إلى البهو فقد كانت أخبرته عنه، ويتصافحان. ويقترح العاشق الدخول إلى غرفة المطعم حيث تنتظرهما داشا.

هي قاعة مقابل مكتب الاستقبال، فيها بضع طاولات، تتَّسع لحوالي ثلاثين شخصًا موزعين أو أربعين مجتمعين. وكانت جميعها مشغولة بزبائن معظمهم رجال، إلا طاولة صغيرة قرب النافذة مطلَّة على شارع يفصلها عن السكن الجامعي، حيث لو لصقت وجهك على الزجاج ونظرت إلى الجانب الأيسر لرأيت شجرة البتولا التي زرعها أحمد ذات يوم غائم. خمَّن أحمد أن طالبات متعثِّرات في الدراسة يخدمن الرجال هنا. كان أحمد يعلم أن هناك فنادق تؤجِّر الغرف بالساعات، لكنه اكتفى بتخمين أن يكون نُزل داشا من هذا النوع.

- أريد امرأتي.

صاح رجل ظنَّه أحمد داتو، لكنه لم يكنه. لم يعرفه فيه. رجل عوت شهوته على مسمع رجال المطعم المشغولين بأنفسهم وبجليساتهم إلى حين، ولم يكن صاحب الصرخة يدري أن من اختاره في سؤاله سوري، حيث الشباب السمر يعجنون ذكورتهم مع البارود.

- ليس أي امرأة! أريد امرأتي.

عاود الرجل الذي عوت شهوته على مرأى من الجميع، وربما عشقه الصيَّاح. وليس دائمًا يمكن تفريق الشهوة عن العشق. المخبولون وحدهم يقيمون فرقًا، ربما من أجل الرياضيات وعلم الإحصاء... نظر نحو أحمد، متورِّم العينين، ولولا عاشق داشا الذي يجلس قبالته لسألها أحمد: «أيعنيك يا داشا؟».

- أريدها.

واستلَّ مسدَّسه من حقيبته الجلدية العتيقة. أراد أحمد أن يقول لداشا: «اطلبي البوليس»، لكنَّها ابتسمت، وهدَّأته بنظرة، هامسة:

- هذا عادي، لا تشغل بالك. سيسقط مثل قطعة خشب بعد قليل ويأخذه رفاقه.

فهمس أحمد:

- ولكن عن أي امرأة يتحدَّث؟

فأجابته داشا، بصوت خافت مبتسمة:

- كانت تعمل هنا، وكانت تدفِّئه!

- مفهوم.

- مسدَّسه زائف، لا تخف.

- «لا تخف!»، صاح بأحمد، «لن أقتلك. خذ المسدَّس منِّي. خذه وإذا سخرتْ مني هذه المرَّة أطلق عليَّ النار»، وأشار إلى داشا، «هي التي أخذت امرأتي».

- «هاتِ المسدَّس!، قال أحمد، ونهض مادًّا يده. وحين بات المسدَّس بيده، مدَّ يده الأخرى ووضعها على كتف الرجل.

- أنت متعب يا صديقي، لن تحصل على امرأة بالمسدَّس، إنما بالكلمة الحلوة. اهدأ يا صاحبي، ستجد امرأة أخرى.

- هيا بنا نصعد إلى الغرفة ونكمل السهرة هناك. اقترح عاشق داشا.

- «نعم أفضل»، قالت داشا، وغمزت لأحمد بطرف عينها.

لم تتخلص داشا من عاداتها بعد، أم أنها تريد لأحمد أن يشتهيها فترضي أنوثتها ولا يحصل عليها فترضي عاشقها!

- «حسنا، اسبقاني، سألحق بكما». قال أحمد.

- «بل ستأتي معنا»، أصرَّ العاشق، «دعك منهم».

- ربع ساعة لا أكثر!

- طيب، الغرفة 28.

انصرف العاشق وداشاه، وبعد قليل جاءت نادلة لتنقل الأشياء عن الطاولة إلى غرفة نوم المديرة.

- «أتؤمن بالأرواح؟ شكلك يقول إنك تؤمن بها. استحضرها لي. قل لها أن تأتي الآن»، قال الرجل السكران لأحمد، «ألا تشمُّ رائحة دجاج مشويٍّ، إنها تشويه من أجلي. أنا لا أحبُّ النساء، ولكنني أحببتها».

- اشرب يا صديقي. اشرب وسوف تأتي.

ابتسم الرجل الذي هو داتو وليس بداتو، ومسح مرتبكًا متوجِّسًا أن يكون

رآه أحد ما يبكي، دمعة تدحرجت على خدِّه في غفلة من رجولته. الرجال يخجلون من الدمع، وبعضهم يخجله الضحك. الرجولة صوَّان، والخفَّة ليست للرجال. الآتون من الجنوب يُسبلون، هنا، شعرهم الأسود فوق جباههم ولا يبتسمون حتى لرغيف الخبز الساخن. لكنَّ داتو تساقط شعره من زمان، فلا شيء يسبله سوى عينيه، وهو خلاف مواطنيه يضحك لرغيف الخبز الساخن وتدمع عيناه.

كانت جدَّة أحمد لأمِّه تضحك وتختفي عيناها الصغيرتان على وجهها الضامر، وتقول: «كيف لا يبتسم الإنسان لرغيفٍ خارج من التنُّور؟!». جدَّته التي كان جدُّه غادرها من أربعين عامًا، تضحك لرغيف الخبز، ثم تذبل عيناها وتتأمَّل صورة الرجل المقطوعة الزاوية بشريط أسود على الجدار. وتتذكَّر أيَّام لم يكن لديها خبز، وكانت تسأل زوجها الراحل التوسُّط لدى الله من أجل قليل من الخبز، أليس هو أقرب إليه في السماء؟ «حتى صورته تبتسم للرغيف!»، كانت تقول. وتقول لأحمد: «جئتَ أصغرَ من الكفِّ، وشعرتُ بأنك تنظر نحوي. وكانوا يتوقَّعون موتك فلم يعتنوا بك، وراحوا يتفرَّجون عليك في انتظار أن يروا كيف ستموت، وكانت أمُّك تبكي وتنتظر أن تعدها بأنك ستعيش. وها أنت تعيش. ساقاك نحيلتان مثل الحصان الأصيل. ستعيش طويلًا، ولكن لا تخذل صلاتي! فقد وعدت الله بأنك ستكون طيِّبًا، وبأنَّه سيحبُّك لو تركك تعيش. لن تخذلني؟!».

ضحكت العجوز. وحزن أحمد الذي صار اسمه السوري. خال الله ينظر إليها ويراقب كل حركة تقوم بها. كان جسمها ضئيلًا ووجهها ضامرًا، وكان أثر الجوع والقهر واضحًا على ملامحها.

«عدني يا صغيري!»، رجت الصغير، فوعدها أحمد. ولكنه ما إن خلا إلى ركن حتى بكى. كان عليه أن يفي بعهد جدَّته إلى الجلالة. وراح يعاتب الله، ويقول له: «كيف تضع امرأة نحيلة معذَّبة، فقدت أولادها الذكور في هذا المأزق، وتحشرني في وعد قد لا أقوى عليه!؟».

كان أحمد قد فعل كثيرًا مما هو ليس حبًا، من منظوره، إلى ذلك الحين. ولكنَّه، كان يشعر على الدوام بأن الحبَّ الساكن قلبه أقوى من الذنوب جميعها. يخطئ باسم الحبِّ، فينتصر الحبُّ.

الحقُّ بالخطأ، زرعته جدَّته في روحه. قالت له: «اغلط! اغلط مئة مرة! فأنت تغلط لأنك تحبُّ الحقيقة». هكذا قالت الولَّادة لها قبل أن يُرمى في جرن صغير بين عيون خائبة ومفزوعة ومترقبة ومتولهة. الأخيرة لأمِّه وجدَّته. وتعجبه الفكرة حين تحضره مع داتو.

كانت المرأة التي أخرجته إلى الحياة تقرأ حركات اليدين وملامح الخطوط على الجبين. لم يكن قد ارتسم على جبينه شيء بعد، لكنها كانت ترى ما سيرتسم.

وضعوا المذياع قربه وتركوه يتحدَّث عن شيء ما، وارتسم الألم على وجه امرأة لا تطيق الضجيج. كل شيء ضجيج، حتى الغناء مع آلة العود.

حرَّك أصابعه، والتمّ الغيم فوق صحن الدار، ونمت أزهار البابونج على أسطح البيوت. خرجت ابنة الجيران الصغيرة، ثم نظرت إليه، وزعقت وزعق معها. وبعد خمسة عشر عامًا من ذاك، سألها عن سبب زعيقها، فضمَّته إلى صدرها، وانبجس الندى من ميسمها وعلى مبسمها حطَّ نداه.

- «مساء الخير، مرة أخرى»، قال أحمد ونظر إلى الساعة على شاشة هاتفه، «إلى أي ساعة تعمل الحافلات من هنا إلى محطَّة القطارات؟».

كان كتب لريما: «سوف أسافر في الليل. لا تقلقي، عتمة الشمال خفيفة لا تخيف، ليست كعتمة الجنوب. سأكتب لك فور وصولي. انزلي إلى القبو واشربي النبيذ. لا تنتظري القصف في غرفة الضيوف».

- «لن تذهب إلى أي مكان اليوم»، أجابت داشا، وقد فاجأها سؤال أحمد، «بعد كل هذا الغياب لا تطيق البقاء معنا ليلة واحدة».
- بل أريد، ولكنني لا أستطيع. سأغادر بعد قليل. أشرب كأسًا وأغادر.
- وعدتني ألا تخبر داتو عن مكان ريتًا.

- سأفي بوعدي. ولن أخبر داتو بشيء يهدِّد حياة ريتًا. لكنني أشعر بأنني لن أراه بعد اليوم. قلبي يقول إنه خرج إلى الموت.

ضمَّته. وحين عاد العاشق، كان أحمد يشرب كأسه واقفًا عند الباب، وقد احمرَّ وجهه.

- لدينا سيَّارة خاصَّة لنقل زبائننا، ستوصلك إلى محطَّة القطار، لن تتأخَّر، قل لي ماذا تريد أن تأكل طالما أنت مستعجل؟

- «تعرفين ماذا أحبُّ. بصحَّتك يا صديقي»، قال أحمد متوجِّهًا إلى سلافا، «داشا طيِّبة وحنونة، معرفة عمر، بصحَّتك داشا! يكفي ما هو موجود على الطاولة».

وفيما ابتلعت داشا قليلًا من النبيذ الأحمر من كأسها، دلق كل منهما قدح الفودكا في جوفه، وشربا بعده جرعة من عصير التفاح.

- «بصحَّتك صديقي»، وضع سلافا هاتفه جانبًا وملأ الكؤوس الثلاث، «دعونا نشرب قدحًا آخر. من غير اللائق أن تغادرنا صاحيًا».

بعدما اجترع الجميع كؤوسهم، نهضت داشا وقالت لأحمد حزينة:

- طيب، سأطلب لك سندويشات للطريق.

اتصلت بالمطعم ليعدَّ عمَّاله بعض السندويشات ويعلِّبوها جيِّدًا لضيفها.

6

وصل أحمد إلى محطَّة القطارات قبل ساعة ونصف من موعد انطلاق رحلته، فقرَّر تمضية بعض الوقت في مبنى الفنَّانين، «بوشكينسكايا 10»، وهو مبنى عتيق كان قيد الهدم، فاحتلَّه فنَّانون تشكيليُّون غير معترف بهم ولم يخرجوهم منه بعدها، ربما في انتظار أن يُهدم على رؤوسهم. وعند باب موارب، شدَّ أحمد من يده إلى مشغله رسام، وما إن دخل أحمد فضاء الغرفة حتى بادره الرجل:

- انظر! انظر إلى هذه اللوحة! أليست رائعة؟!! بربِّك أليس عملًا عبقريًّا.

كانت اللوحة قطعة قماش سوداء كتبت عليها كلمة «جوبا»، أي مؤخرة باللهجة الروسية المحكية. نعم كلمة واحدة لا أكثر ولا أقل. ولم يزخرفها الرسام ولم يلونها. خطَّها فقط بفرشاة عريضة باللون العاجي. لم يكتب مؤخِّرة. إنما كتب «جوبا»!

- رائعة!! حقًا رائعة. هههههههههه. قال أحمد.
- لماذا تضحك؟
- لا. أنا لا أضحك. فقط خطر ببالي فنجان قهوة، سيكون لذيذًا معها.
- قهوة! أنت رائع حقًا. فكرتك رائعة! انتظر قليلًا سوف أحمِّص البنَّ، وأغلي لك قهوة. أفعلُها مرة واحدة كل شهر. الروس لا يشربون القهوة المغلية، ولكن أنا أحبها، أخرج إلى الشارع وأدعو من يعجبني إلى غرفتي. أدعو واحدًا فقط. الحياة، لا تحتمل أكثر من شخص. وبقية الأيام أشرب قهوة رخيصة، نكاية بالوحدة.

وقبل أن ينتهي من إعداد فنجان القهوة، صاح بأحمد:

- لا أريد أن أراك!

فأجابه أحمد على غير انتظار:

- حسنًا، اشرب القهوة من دون أن تنظر إليَّ، وأنا سأنظر إلى الجوبا.
- هههههه ممتاز... أنت تعجبني. ممتاز.
- هل تسمح لي بتصوير لوحتك، وإرسال الصورة إلى صديقتي؟
- الجوبا؟ أجل. قل لها إن هذه هي الحياة.

صوَّر أحمد اللوحة وكتب تحت الصورة: «هذه الكلمة، يا ريما، جوبا، وهي تعني المؤخرة. الحياة كلها جوبا». وشرب أحمد القهوة، كعادته ببطء شديد، متأمِّلًا اللوحة، ثم نهض مستعدًّا للخروج، وقال للرسَّام:

- شكرًا. حان موعد انصرافي. إنه القطار.
- ألم أقل لك تعجبني. مع السلامة.

وفي القطار، تشارك أحمد المقصورة مع امرأتين ورجل مفتول العضلات. كانت السمراء بينهما في طريق عودتها من تأبين زوجها الشابّ. قالت إنه قفز للغوص في ماء ضحل، فكسر عنقه. فتذكَّر أحمد صديقه داتو، وقال في نفسه: «ما أكثر الرجال الذين يكسرون أعناقهم في ماء ضحل! القضايا التافهة كلها ماء ضحل. العضلات، ماء ضحل»، قال العبارة الأخيرة وهو يرى شريكه في المقصورة يرفع حقيبته إلى الرفّ الأعلى بعد أن يخلع سترته وقميصه مستعرضًا عضلاته.

- «عزائي لكِ، السلام لروحه»، قال لها أحمد، بعد أن كان سألها عن سبب الحزن المرتسم على وجهها، مؤكدًا لها أن شيئًا في الحياة لا يستحقُّ هذا الحزن كله، «هل لديكما أولاد؟».
- لا. لا أرغب في الحديث، لا تزعل أرجوك.
- طيب، آسف.
- «دعونا نذهب إلى عربة المطعم»، اقترح الراكب المفتول العضلات على الشقراء وأحمد، «ونترك السيدة تنام، لدي كونياك ممتاز».
- «موافقة»، قالت الشقراء، «ولكن دعونا نتعارف قبل ذلك».

للمرَّة الأولى، يشعر أحمد بعدم الرغبة في التعريف عن نفسه، فقد انسرب ما بقي لديه من طاقة حين أسكتته المرأة المفجوعة، ولم يبق لديه ما ينفقه على الحديث عن الحرب في سوريا وتبرئة نفسه من القتل والتخريب، فاعتذر عن مرافقتهما، وادَّعى أنه يريد النوم حالًا، وصعد إلى سريره في الرفِّ الثاني من المقصورة، من دون أن يفصح عن اسمه. لكنهما ما كادا يصلان إلى عربة المطعم، حتى نزل عن السرير وخرج إلى ممرِّ العربة وأسند وجهه إلى الزجاج، يتابع اندفاع الأشجار والمباني إلى الخلف. رأى كثيرًا من الخراب واليباس، وفاته أن يرى الغابات والسهوب والأنهار في حلَّتها الخريفية البهيَّة.

تراكمت أنفاس أحمد على زجاج نافذة القطار فضبَّبته، فمسح بأصابعه البخار المتكاثف، ورأى داتو يدعوه لرؤية الشمال والجنوب يتنازعان سطح الماء، ورأى بركة على تخومها أقرباء سان ينتظرون الشتاء واجمين، وكلابًا شرسة ضجرة، وقطرات الماء تهرب في صنبور إلى الخلف، ثم رأى سان ذابل العينين، لا النباح يزحزحه ولا هبَّة ريح مطعَّمة بالثلج، يقف متلفِّحًا بانتظاره الحزين. ثم رأى نفسه مع سان ينتظر شيئًا ما، كلاهما ينظر إلى الجنوب الغربي، صامتين.

ورأى سرب ثلَّاجات في السماء مهاجرًا نحو الجنوب، وغربانًا تنظر إلى الثلَّاجات في انتظار أن تُفتح أبوابها ويسقط ما فيها من طعام، وسان يقهقه فيرتجف جسده كله ويتساقط عنه الريش. ثم رأى داتو وقد صغر عشر سنوات ومعه سان، يمدُّ يده تحت الطاولة، يفتح باب الثلَّاجة الصغيرة المحشورة هناك، ويُخرج منها زجاجة لبن رائب ويجترع منها قليلًا أو كثيرًا حسبما تدور الفكرة في رأسه المستدير. ثم باليد نفسها، ومن دون أن يبدو عليه أي انشغال بالطعام عن الرسم الهندسي، يُخرج رغيف خبز ويقضم بعضه بأسنانه البيضاء الكبيرة ويعيده إلى مكانه ويغلق الثلَّاجة، ويعود إلى الرسم. ورآه يتسارع تنفُّسه وتغيم عيناه، فيخرج إلى الشرفة لتأمُّل صورة يحتفظ بها في محفظة نقوده القليلة. ويضحك داتو ضحكة عجيبة حين يسأله أحمد عن صاحبة الصورة، ويدفعه بيده

فيفقد توازنه ويسقط... ويأتي سان إلى شرفة النافذة وينتظر أن يلقي إليه داتو بكسرة خبز. ويزعج داتو مجيء سان، خاصة حين تكون صورة ريتًا بين يديه، لكنه يتحامل على نفسه فلا يطرده.

رأى أحمد نفسه يفتح ثلّاجة داتو، فيعثر فيها على قطعة قديمة من لحم حصان مدخَّن، وليمونة جفَّت قشرتها. وكان، رغم اندفاعه، أسقط حذاءه عند العتبة ودخل، فلم يَعلق شيء بباطن قدمه. كأنما خاف الغبار على داتو فلحق به. ورأى خربشة بالقلم الرصاص على الجدار قرب وسادة داتو، فقرأ «أريد أن أعود طفلًا!». ورأى داتو يسأل بائعة أغذية الأطفال:

- كم واحدة لديكم، من علب اللحم المهروس؟
- كم تريد؟
- صندوقًا كاملًا.
- يعني مئة علبة! هل لديك روضة أطفال؟
- نعم... ربما.

لم يقل لها داتو إنه يريدها لنفسه، وإنه يريد أن يأكل علب اللحم المهروس المعدّ للأطفال مع الليمون. وأخذ الصندوق ومضى. أكلها بمعدَّل علبتين في اليوم. وراح ينتظر أن يتحوَّل إلى طفل. لكن ذلك لم يحصل. أفرحته التجربة وأحبَّ الليمون مع مهروس اللحم وراح يضيف إلى كل سندويشة خمس وريقات بقدونس. لماذا خمس؟ هكذا، لا معنى للبحث عن إجابة. رآه أحمد يبكي.

7

لا بيت من دون باب. ولا خصوصية من دون عتبة! يعرف ذلك داتو ويعرف ذلك سان ويعرفه أحمد القادم من حيث لم يكن أحد يغلق باب بيته، فذلك كان يعيب الأهلين، المفتوح قلب الواحد منهم على الآخرين، فما معنى أن يغلق بابٌ من الخشب على بشر مفتوحة نحوهم الروح؟! والعيب الأكبر في الحديد. لم يكن أحد يعلّق بندقيّة على الجدار، إلا للزينة والحديث عن الأجداد. ويعرف السوري أن ليس مهمًّا أن يُغلقَ البابُ أم يبقى مفتوحًا، ويعرف معنى أن يكون من جهة دون الثانية أو لا يكون. الرجال، يحملون أبوابهم معهم حيثما رحلوا والنساء يحملن التخوم.

خرج داتو، متجاوزًا العتبة، وها هو صديقه السوري يسمع صداه، تدفعه نار تلتهم أحشاءه، لم تستطع إطفاءها حيَل الرجال كلها، خرج لعبور تُخم الحياة. تُخمه وتُخم ريتًا. كثيرون يسقطون على التخوم، وها هو عليه اليوم أن يعبر التُخم الفاصل بين روسيا وسوريا. ومن أجل ذلك يطرد من روحه الأسئلة الصعبة وأصعبها سؤال الوصول. عتبة المطار.

- «سمِّ بالله أو بالقلب، واعبره!»، قال لأحمد أبوه ذات كأس، باسمًا، «ولا تخشَ بعد ذلك السقوط. على التُخم، يختبر المرء نفسه، حين يكون نصفه هنا ونصفه الثاني هناك، فإما يعود أو يعبر إلى الجهة الأخرى أو يتلاشى في التُخم، فيصير هو نفسه تُخمًا يعبره الآخرون، أو يسقطون».

كتب أحمد لريما، ملتصقًا بنافذة القطار: «انتظريني يا ريما. اقرئي ترجمتي الرديئة لقصيدة سيمونوف. انتظريني». أرسل الرسالة، ولم يأته الجواب. فقال في نفسه: «الرسائل أحيانًا تُفقد في الطريق»، وأعاد قراءة الرسالة وعاد إلى انتظار الجواب.

8

وصل أحمد إلى المبنى المهجور، وتفحَّصه كأنما هو يرى الرمادي الطاغي فيه لأوَّل مرَّة، ودخل غرفة داتو، ورأى الصورة التي غادرها صاحبها، وأمسك بدرفة الباب، وتأمَّل كم هو سهل كسر هذا الخشب الهزيل، ولكن إلى أين؟ في الصورة، داتو يحشد جسده من أجل امرأة، ومن أجلها، يرسم تقطيبة فوق عينيه الطيِّبتين. تقول الصورة:

- لو تعرف أي أحمق أنا يا صديقي السوري. ولكنك لست صديقي، فلو كنت صديقي لقتلتني قبل أن أُهان!!
- داتوووو!! صرخ أحمد حين رأى الصورة تسقط عن المسمار.

9

وفي المبنى المهجور، وقف أحمد، ظهره إلى باب غرفة داتو، يتملَّى أشجار بتولا تتعرَّى من أوراقها فتكشف قبَّة كنيسة تطلُّ على بركة ما تغطِّي وجهها أوراق صفراء، فرأى الرجال يقلبون أرواحهم ويلبسون بطانتها على وجوههم ويمضون. رأى سان محاصرًا في مدخنة بيت جنرال وقد أغلق الجنرال فوهتها بشبك حديدي في غفلة من الغراب، وخلع بزَّته ووضع المسدَّس أمامه على الطاولة وأشعل في الموقد النار. ولم يعد السوري يرى المهرة على السطح. وتعبر.. تعبر.. تعبر الطائرات، وتعبر.. تعبر أوراق الأشجار مع الريح، ويرى سان يطير بعكس الريح، فيخاطبه: «أنت عدت يا سان، خرجت من المدخنة»، وحين يقترب الطائر يدرك أنه ليس سان. وعندئذ يرجع إلى غرفة داتو ويرفع صورته عن الأرض، فيرى زاويتها مقطوعة بشريط أسود كلما نظر إليها.

يغسل أحمد وجهه بالماء المشبع برائحة الكبريت، ويعود إلى مصطبة الباب، يتأمَّل روحه الشاردة في براري تمتدُّ نحو الجنوب البعيد، عابرة المدن والأرياف، لا تلقي بالًا إلى ملايين الأبواب المفتوحة والمغلقة دونها.

يمدُّ يده، وينقر زجاج باب المطبخ في بيت ريما، في يمناه وجل اللحظة وفي يسراه أرغفة ساخنة من الفرن القريب. ويرى ظلَّ ريما وترى ظلَّه، ويُفتح الباب. ترتبك ريما أين تضع إبريق الشاي، فتلقي به بعيدًا وتستند إلى الجدار.

ويسقط الخبز الساخن من يد أحمد، ويلتمُّ صغار معفَّرون بالتراب حول الأرغفة، يأكلون ثم يعودون إلى موتهم.

انتهت

المحتويات